COBALT-SERIES

こじらせシスコンと精霊の花嫁

恋の始まりはくちづけとともに

秋杜フユ

集英社

Contents
目次

こじらせシスコンと精霊の花嫁

恋の始まりはくちづけとともに

The Characters
登場人物紹介
ルイス
ルビーニ家の次男。
精霊を見る力はない。
部屋に閉じこもって、
新薬の研究ばかりしている。
ビオレッタ
ルビーニ家の娘で、
現在の光の巫女。
王太子エミディオと
結婚。
コンラード
ルビーニ家の長男。
精霊を見ることはできる。
魔術師にしては珍しく
筋骨隆々タイプ。

ティファンヌ
ヴォワール王国の
王女だったが
近衛騎士
レアンドロと結婚。
アメリア
両親に問題があり、
いろいろあって、
十二歳のときに
魔術師一族のルビーニ家に
引き取られる。
光の精霊を見ることができる。
エバートン
ファウベル侯爵家の次男。
アメリアに結婚を申し込むが……？

イラスト／サカノ景子

こじらせシスコンと精霊の花嫁

恋の始まりは
くちづけとともに

第一章　ルビーニ家は、四年たってもこじらせ中です。

『い〜い？　アメリア。ネギナ草の抽出液を一滴加えて。一滴だけだよ、気をつけて！』

部屋中の灯りをおとし、窓という窓に暗幕をかけた真っ暗な部屋のなか、細長い筒《つつ》状の容器を両手に持ったアメリアは、幼い子供の声にうなずく。緊張でこわばったアメリアの顔が、彼女の周りをいくつも漂う顔の大きさほどの光の塊《かたまり》によってぼんやりと照らし出されていた。

アメリアは両手に持つ容器の注ぎ口を近づけると、ネギナ草の抽出液が入っている容器をゆっくり慎重に傾けていく。容器の底に溜まっていたわずかに白く濁《にご》った液体が、傾きに合わせて注ぎ口へと流れていき、一滴――では収まらず二滴、こぼれた。

「げ……」

アメリアの口から思わず声が漏《も》れると同時に、過分なネギナ草の抽出液を受け取った実験液が、ちりりと火花をあげた。

さすような夏の日差しが降り注ぐある朝、ルビーニ家の屋敷に、ばふんっ、というなんとも間抜けな爆発音が響いた。

「煙だ！　煙が出たぞぉ！」

「火は!?　火事か!?」

煙が充満する部屋の中であおむけに倒れたまま、アメリアは廊下《ろうか》に響く声を聞いていた。

爆発音を聞くなり、音源と火の有無を確認するあたり、ルビーニ家の人々がいかに慣れているかを物語っている。魔術師たちは煙がアメリアの部屋から出てきたこと、火事の心配がないことを確認すれば、すぐさまもとの部屋へ戻っていくだろう。

ルビーニ家で暮らす、魔術師たちは。

「アメリア――――！」

「ア、アメ、アメリア～～～～！」

獣の咆哮《ほうこう》のような声と、腹筋をおさえてやりたくなる情けない声を聞いて、アメリアは来た、と思う。と同時に、アメリアの部屋の扉がけたたましい音を立てて開き、充満していた煙が幾分か薄まった。

「アメリア、どこだ!?」

「いた！　って、倒れてるぅ！」

作業台の足元であおむけに倒れるアメリアを見つけるなり、声の主たちは大慌てで駆け寄ってくる。

煙を振り払って現れたのはふたりの男。ルビーニ家のこじらせ兄弟、コンラードとルイスだ。普段なら爆発のひとつやふたつ起ころうとも、火事の心配がなければ部屋から顔を出すことすらしないふたりだが、かわいいかわいい妹分であるアメリアの部屋で爆発が起こったと知り、文字通り飛んできたのだろう。

ふたりはあおむけに倒れるアメリアの左右に膝をつくと、ふたりがかりで支えながら彼女を起きあがらせた。

起きあがるなり、アメリアの目から大粒の涙がこぼれ落ちる。それを見て、コンラードとルイスは表情をこわばらせた。

「アメリア、どうした⁉　ケガをしたのか？」

「ど、どどどこか痛い⁉　俺、傷薬持ってる。痛いところ、教えて！」

盛大に慌てるふたりへ、アメリアは大丈夫だと答えたいのに涙ばかりがあふれて声にならない。こらえようとすればするほど、涙が次々とこぼれ落ちた。

「う、うぅ～……悲しくないのに涙が出てくるのぉ～～～～～～～～！」

とうとうアメリアは叫び、まるで舞台女優のようにおうおうと大げさに泣き出した。そんなアメリアをコンラードとルイスが唖然《あぜん》として見つめていると、どこからともなくやってきた白猫がアメリアの頭の上によじのぼり、小さな口を開いた。

『爆発した時にね、ネギナ草の抽出液をかぶったの』

白猫の口から放たれた言葉を聞き取ったコンラードが、「ネギナ草?」とつぶやいて眉間《みけん》にしわを寄せる。コンラードのつぶやきを聞いたルイスも、「え、ネギナ草?」と聞き返した。

「ブランが言うには、ネギナ草の抽出液をかぶったらしい。そりゃあ、悲しくないのに涙が出るわな」

白猫――ブランはただの猫ではなく、その正体は光の精霊だった。窓という窓に暗幕を張り、灯をすべて消していたにもかかわらず、アメリアの周りがほんのりと明るかったのは、ブランをはじめとした光の精霊たちの力を借りていたからである。

この世界には、光の精霊と闇の精霊が存在する。まだまだ人々に存在を認識されていないが、ルビーニ家の魔術師たちは、古くから精霊とともに暮らしてきた。

「うわああ〜ん。いつになったら泣き止むの、これ」

「大丈夫、わめくの続かない。すぐに落ち着く。……涙は止まらないけど」

ネギナ草の抽出液には涙を促す効果があり、目薬の一種として三十倍に希釈《きしゃく》されたものが処方される。その原液を頭からひっかぶったとなれば、涙が止まらなくなるのも仕方がなかった。

「声は落ち着いても、涙は一時間くらい止まらないだろうな。ひとりで勝手に薬を作ろうとした罰だ。お前にはまだ早いと言っただろう」

コンラードに低い声で叱《しか》られ、アメリアは身をすくませた。ルビーニ家の長男コンラードは父エイブラハムから受け継いだ金の髪と空色の瞳に、母ベアトリス似の怜悧《れいり》な美貌《びぼう》を持ち、魔術師らしからん筋骨隆々とした身体《からだ》の持ち主だ。少し凄《すご》んでみせるだけでも十分迫力があった。

「兄さん、アメリア怖がってる」

コンラードから隠すようにアメリアを抱きしめたのは、次男のルイス。母ベアトリスから受け継いだ黒目黒髪に、父譲《ゆず》りの地味な顔を持つ男で、これぞ魔術師と言わんばかりの不健康な身体つきだが、身長はコンラードよりも高い。木の枝のようにひょろひょろとした男だった。

ルイスの腕の中に納まるアメリアがおびえた目をしているのに気づいたコンラードは、心を落ち着かせるように深く息を吐いてそっぽを向いた。

コンラードの注意がそれたのでアメリアが身体の緊張を解くと、腕を緩《ゆる》めたルイスが彼女の顔を覗《のぞ》き込んだ。

「アメリア、何作ろうとしたの?」

すぐ近くにルイスの顔が迫り、アメリアはまた身体を硬直させる。いくら妹と思っているとはいえ、もうアメリアも十六歳なのだ。もう少し距離感を保ってほしいと思うものの、この兄弟に対してそのような期待はもつだけ無駄なのだと理解していた。

アメリアはうつむき、いろんな気持ちをこめたため息をこぼしてから、答えた。

「……幸せ香《こう》」

幸せ香とは、ルビーニ家の末娘ビオレッタが開発した薬だ。ネギナ草をはじめとした気分を暗くさせる効能をもつ薬草を混ぜこんだら、どこまでも真っ暗な気持ちになる薬ができるのでは、というなんとも微妙なきっかけから研究が始まった。そして香水のように振りかければ春の日差しのようなポカポカ明るい気持ちになれる、という予想の斜め上の効能を持つ薬ができあがったという。

「幸せ香……確かに、あの薬に使う薬草、どれも命にかかわるようなこと、ない……でも、配合に気をつかう。そんな簡単に作れる薬じゃない」

「あんなややこしい薬、どうして作ろうとしたんだ。しかもひとりで」

「ビオレッタ様がもうすぐ帰るから、浮き沈みが激しい心を明るくさせたくて……」

しょぼくれながらアメリアが白状すると、ルイスは「アメリア……いい子」と感激し、コンラードは「……く、くそっ、叱れねぇ！」と頭をかきむしった。

「アメリア、薬欲しい、俺に言えばいい。俺、いくらでも作る」

「でも、ルイス様は自分の研究に忙しいでしょう?」

「だったら俺に言えばいいだろうが！」

「コンラード様は、ビオレッタ様が帰ってくるための準備で、昨日からばたばたしていたでしょう?　作り方はブランが教えてくれるっていうし……私も魔術師見習いとして、ちゃんと薬を作れるようになったんだよって、ビオレッタ様に見せたかったの」

ビオレッタとは、ルビーニ家の末娘で、現在王太子妃として王城で暮らしている。ビオレッタは王家の始祖である光の神と国民をつなぐ光の巫女《みこ》でもあり、まだ彼女が光の巫女になりたてだった四年前、とある理由から心身ともに限界だった十二歳のアメリアを保護してルビーニ家に預けてくれた恩人だった。

そのビオレッタが、のっぴきならない事情により特例でルビーニ家へ帰ってくる。いまでもアメリアのことを気遣ってくれる優しいビオレッタだから、アメリアが自分で薬を作れるようになったと知れば、きっと自分のことのように喜んでくれるだろうと思ったのだ。

「……気持ちは分かるが、それでもひとりきりで調薬するなんて無茶だ。もう少し、俺たちを頼ってくれ」

「そうだよ、アメリア。俺、アメリアのお兄ちゃん。だから、もっと甘えていい」

ふたりがかりで言いくるめられ、アメリアは結局、素直に甘えることにした。

その後、幸せ香の調合は、真っ暗な部屋の中、アメリアに頼まれた光の精霊が淡く照らす作業台にて、コンラードとルイスだけでさっさと作りあげてしまった。慎重なさじ加減が必要な作業はルイスが、素早く攪拌《かくはん》したり、ふたつの液体を勢いよく流し込んだりなどの思い切りのいる作業はコンラードが行い、アメリアがやったことといえば、必要となる材料をふたりに手渡すくらいだった。

「よしできた！」

「これで、ビオレッタ、安心するね」

　できあがった幸せ香を前に、コンラードとルイスは満ち足りた表情をしていた。が、しかし、ほとんどの作業を兄弟が担《にな》った幸せ香をもらって、はたしてビオレッタは安心できるのだろうか、とアメリアは心の中で思ったが、満足げなふたりにいまさら余計なことは言えないと口を閉ざした。


「あっはっはっはっはっ。本当に、お前は優しい子だのう、アメリア。遠慮《えんりょ》せずとも、あのバカ息子どもに言ってやればよかったんだ。それでは意味がない、とな」

　涙が無事に収まったアメリアの話を聞いて、ベアトリスは快活に笑った。彼女はルビーニ家当主エイブラハムの妻であり、コンラード、ルイス、ビオレッタの母親である。

　漆黒《しっこく》の髪を優雅にまとめ上げ、深紫のローブを肩にかけるようにして羽織《はお》っている。脚を組んで執務机に頬杖《ほおづえ》をつくその姿は妖艶《ようえん》で、同性であるアメリアもどぎまぎするほどだった。

　ベアトリスはルビーニ家の魔術師の健康管理や研究の進み具合の把握《はあく》、薬草の貯蔵管理から薬の売買まで、ルビーニ家の事務方を一手に引き受ける女傑《じょけつ》だった。

　そしてアメリアは、そんなベアトリスの助手をしている。

「でも、私やビオレッタ様のことを想って、忙しいふたりがやってくれたことだし、幸せ香が無事にできたんだから、まぁ、いいかなって」

ただ、自分が作ったとは口が裂けても言えないな、とアメリアが思っていると、彼女の肩に乗るブランが頰を摺《す》り寄せてきた。

「何もしていない、なんてことはないさ。少なくとも、光の精霊を使役《しえき》できるのは、お前だけだろう?」

はるかな昔から、魔術師は闇の精霊とともに生きてきた。光の神と同じように闇の精霊を敬愛する魔術師たちのなかには、闇の精霊の姿を見たり、声を聞いたり、力を借りることができる者がいる。目の前にいるベアトリスも、闇の精霊の声を聞くことができた。

だが、アメリアのように光の精霊の姿を見たり、その力を借りたりできる者は、アメリアのほかに、光の巫女となったビオレッタしかいない。

「あの薬はな、強い光を浴びると失敗するんだよ。だから、光の精霊に手元だけを照らしてもらうというのは、何よりも助けになるのさ」

『ほらね、だから言ったでしょ。アメリアはちゃんと、役に立っているよって!』

ベアトリスに褒《ほ》められて喜ぶブランに、アメリアは「そうかもしれないけど……」と言葉を濁す。

確かに、手元だけを照らして調合中の材料に光を当てないというのは、とても助かるとコンラードたちも言っていた。けれど、普段より作業がやりやすかったというだけで、必要不可欠ではない。

「せっかく、ビオレッタ様が帰ってくるのにな……これじゃあ、安心してもらえない」

「お前はルビーニ家の魔術師として、十分役に立っていると思うぞ?」

「そんなことないです。だって、四年も修行しているのに、いまだにうまく調薬できたことがないもの」

『薬草の知識とかは完璧《かんぺき》なのに、調薬だけはなぜかうまくいかないのよね』

ブランの鋭い指摘に、アメリアは肩を落とした。

アメリアが不器用というわけではないのだが、調薬という緊張を強《し》いられる場面で、妙に力が入って失敗してしまうのだ。アメリアより後から弟子入りした魔術師はすでに自分の薬の研究を始めているというのに、アメリアはいまだひとつもまともな調薬ができていなかった。

いつまでも落ちこんでいないで、自分のやれることをやろうと思いなおしたアメリアは、ベアトリスの部屋の壁という壁を埋め尽くす本棚《ほんだな》からいくつか本を取り出し、ベアトリスの執務机の上に積み上げる。

「今日絶対に目を通しておかないといけない書類と、その資料です」

ベアトリスは差し出された書類を受け取り、ペラペラと目を通す。彼女が視線を机へと移せば、アメリアは資料の必要なページを開いて机に置き、ベアトリスが右手を出せば、インクをつけた羽ペンを渡した。

「今日の朝食に顔を出さなかったのは、イバンさんとアナベルさんの二名です。イバンさんは一昨日の夕食から顔を出していません。ただ、報告日誌は提出しておりますし、精霊の話ではきちんと睡眠もとっているそうです」

アメリアが話している間にも、ベアトリスは次の書類に取り掛かる。アメリアも別の資料を机に広げた。

「……ふむ。昼食に出てこなかった場合、強制的に散歩に連れ出しておくれ」

「すでにコンラード様にお願いしてあります」

『さすがアメリア！　ねぇ、すごい？　すごい？』

アメリアの肩からベアトリスの執務机へと降りたブランは、期待に目を輝かせながらベアトリスを見上げる。光の精霊の中で、唯一ブランの声だけは聞きとれるベアトリスは、「えらいえらい」と微笑《ほほえ》みながらブランの柔らかな白い毛をなでた。

「薬草の補充は？」

「今朝確認したところ、ミンク草とハナヤ草、ククリ草が減っていました。午後、買いに行ってきます」

「はて。そのみっつなら、出入りの商人から手に入れられるだろう？」

資料から顔を上げて首を傾《かし》げるベアトリスへ、アメリアは「そうですけど……」と口をとがらせる。

「いつもの商人ってば、こちらが言い値で買うと思って、流通価格より三割増しでふっかけていたんです。街の薬草店を回って判明しました」

「ずいぶん長いこと取引していた商人だったのに、そんなことになっておったのか」

「ずっと同じ商人とばかり取引をしているからそんなことになるんです。これからは、いくつかの商人と交渉して、その中でも一番質と値段の兼ね合いがいい商人と取引するようにしてください。独占契約はダメです！」

『ベアトリスは生粋《きっすい》のお嬢様だから、そういうところは甘いのよねぇ』

ブランより手厳しい評価をいただいたベアトリスは、書類を置いて頬杖をつき、漆黒の目をきらりと輝かせながらアメリアを見る。

「そう言うからには、いくつか目星はつけておるのか？」

アメリアは「もちろんです」と頷《うなず》いて冊子《さっし》をひとつ渡した。

「この一年間、出入りの商人と取引した薬草の値段と、街のめぼしい薬草店の価格です」

渡された冊子を開くと、取引した価格と他店の価格、また薬草の質などについても比較してあった。

「これを、お前がひとりで調べたのか？　お前ひとりで街をうろつくなど、コンラードとルイスがよく許したな」

「許されませんよ」

『ふたりとも、アメリアにべったりだもん』

「だろうな。いつも通りで安心した」

「安心しないでくださいよ！　私ももう十六なんですよ。そろそろどこかへ嫁に行ったっておかしくない年頃なんです。いい加減、妹離れしてくれませんかね」

「無理ではないかのう。とくにコンラードは。あいつの場合、旅に出ている間にビオレッタが嫁に行ってしまったから、余計に」

そうなのだ。自他ともに認めるシスコンであるコンラードは、彼が薬草探しの旅に出ている間に、大切な大切な妹ビオレッタが光の巫女に選ばれ、さらに王太子妃となってしまったがために、シスコン具合をこじらせている。そしてそこへ幼いアメリアが転がり込んできたものだから、彼のこじらせたシスコンパワーがすべてアメリアに向いてしまったのだった。

『コンラードってば、アメリアに近づく男という男をすべて威嚇《いかく》してまわるのよ！　もうね、猫みたい』

ブランが毛を逆立てて「シャアッ」と鳴いてみせると、ベアトリスは「そうかい、そうかい、目に浮かぶのう」と笑った。

「笑い事じゃないんですよ！　おかげで、薬草店の店主から情報を聞き出すこともできなかったんですからね！」

『だからね、コンラードはお留守番を命じられたの。薬草店巡りは、ルイスと一緒』

「あのコンラードも、アメリアに本気で叱《しか》られたらたじたじだな。ほほほっ、尻に敷かれておる」

「とにかく！　町の薬草店をいくつか調べてありますので、その資料に目を通しておいてください。ただ、大口となるとそれなりの規模を持つ商会がいいと思うんですよね。でも、大体の商会は貴族のお抱えじゃないですか」

「貴族とつながりはあまり持たぬ方がよい」

『薬を必要とする人々へすべからく渡らせるため、だよね！』

「そうだ。ブランはよく知っておるのう」

ベアトリスが首の下をなでまわしながら褒めると、ブランはゴロゴロと喉《のど》を鳴らして机の上であおむけになった。ふわふわな腹毛に、ベアトリスは遠慮なく手をうずめる。

「我々魔術師は、政争から離れた場所におらねばならん。まぁ、ビオレッタが王太子妃となってしまったが、王家だからそれほど問題ではなかろう」

「となると、下手《へた》な商会とつながりを持つくらいなら、小口の取引を街の商人と行い、大口の場合のみこれまで通りの商人に声をかける、というのはどうでしょう。それだけでも十分お灸《きゅう》をすえることになると思いますよ」

『いつもの商人さん、気が小さそうだもんね！　いっつも冷や汗かいて帽子でぬぐってる』

「気が小さいくせに、どうしてそんな小細工《こざいく》をするのかのう」とベアトリスがぼやくと、アメリアは「気が小さいから、そんなせこいことをするんですよ」と切って捨てる。

「では、先ほどお伝えした薬草は、私が午後から買いに出ても？」

「任せた」

「ふふっ、じゃあ、出入りの商人と仲が悪いと有名なお店で買ってきますね」

「……やはりお前は、十分ルビーニ家の役に立っておると思うぞ？」

ベアトリスがしみじみと口にした言葉を、アメリアは「気持ちだけ受け取っておきます」と流し、ブランは『もっと言ってあげて！』とねだったのだった。


十二歳のときにルビーニ家に引き取られるまで、アメリアは王都から遠く離れた村で暮らしていた。両親から十分な庇護《ひご》を受けられず、光の精霊ブランの力を借りて何とか命をつなぎとめていたアメリアだったが、ブランを使役する姿を教会の神官に見られたことにより、偽《にせ》の光の巫女に仕立て上げられてしまう。そこへ現れた本物の光の巫女――ビオレッタによりアメリアは保護され、精霊が見えるというつながりからルビーニ家に身を寄せることとなった。

ルビーニ家に身を寄せた当初はブラン以外の精霊は見えなかったアメリアだが、精霊と暮らす魔術師たちと生活を共にしたせいか、光の精霊の姿のみ確認できるようになった。ただ、声が聞こえるのはいまでもブランだけである。

午後、昼食を終えたアメリアは、コンラードに件《くだん》の魔術師の強制散歩（という名の屋敷内徘《はい》徊《かい》）をお願いし、ルイスとふたりで街の薬草店を目指した。

アメリアは普段羽織《はお》っている薄紫のローブを脱ぎ捨て、年頃の娘らしい鮮やかな若草色のワンピースを纏《まと》っていた。軽い足取りに合わせて、レースがふちどられたスカートのすそと、赤茶色のふんわりおさげがなびく。若い男が何人かアメリアを振り返ったものの、誰も声をかけようとはしない。

濃紺《のうこん》のローブを頭からかぶるルイスが、アメリアの斜め後ろにぴったりと控えていたためだ。

光の神を王家の始祖として崇《あが》めるアレサンドリ神国において、堂々と闇の精霊を敬愛する魔術師は敬遠される。アメリアの故郷の村では、魔術師は危険な集団の代名詞みたいなものだったが、実際は闇の精霊を尊《とうと》んでいても光の神を冒瀆《ぼうとく》するわけでもなく、優秀な薬師《くすし》集団だった。

王都の人々は魔術師の実態をある程度知っているため、子供を近寄らせないようにはしても、あからさまに嫌うことはない。が、しかし、ひょろひょろと背だけが高く、ローブのフードを深くかぶって顔の半分が見えないルイスに、ホイホイと近づく猛者《もさ》はいなかった。

ベアトリスに宣言した通り、アメリアは出入りの商人と仲が悪いと有名な薬草店へやってきた。アメリアと一緒に店に入ってきたルイスを見るなり、店主は目を丸くしていたが、アメリアが欲しい商品を伝えると、すぐにそれらをそろえるために店内を動き回った。

アメリアは店主を気にしつつ、興味津々《しんしん》で店内を観察してまわるルイスを見やる。ふいにルイスが立ち止まったので、アメリアは彼の背中へ声をかけた。

「何かいいものでも見つかったの？」

「うん。アメリア、これ、貴重な草」

「え？　あー……フルリア草かぁ。確かに珍しいね。欲しいの？」

アメリアが問いかければ、ルイスは大きく何度もうなずいた。いつになく機敏な動きに、アメリアはルイスがいかにこの薬草が欲しいかを察し、それならばと密かに気合を入れて店主へ声をかけた。

「すみません、店主さん。このフルリア草、いくらですか？」

「さすがは魔術師さんだ。お目が高いね。それは本当に珍しい薬草なんだ。なんでも北方の寒さの厳しい地域で、雪の下にしか生えない草でね……」

「あぁ、その辺りは知っていますので、大丈夫です。ところで、いくらで譲《ゆず》っていただけます？」

アメリアに話の腰を折られた店主は、一瞬むっとした顔を浮かべたものの、すぐに気を取り直して値段を提示した。それを見たアメリアは、脳内で素早く計算する。

採取できる地方での取引価格に、王都までの運搬費用を足したところで、店主が提示する金額の半値にもならない。子供だと思って舐《な》められていると気づいたアメリアは、あえて原価ぎりぎりの値段を提示した。

「バカ言ってもらっちゃ困るよ、お嬢ちゃん。それじゃあ、私の商売が成り立たなくなる。せいぜいここまでが限界さ」

そう言って、店主は最初の金額より一割減らして提示した。だが、アメリアはあと一割差し引いた金額が妥当《だとう》だと判断し、再度提示した。

「お嬢ちゃんはこの薬草を手に入れるのがどれだけ困難か知らないんだろう。これ以上はまけられないよ。払えないならあきらめておくれ」

「……そうですか。仕方がない。今回はあきらめましょう、ルイス様。大丈夫、心配しなくても、後でコンラード様に取りに行ってもらえばいいよ。現地の村なら一年中、店主さんが提示する値段の三割で購入できるんだから」

「んなっ!?」

原価を把握《はあく》しているアメリアに驚きの声をあげる店主を無視して、アメリアとルイスは背を向ける。

確かにフルリア草は王都では珍しい薬草だ。そう、王都では。つまり、産地へ行けばいくらでも購入できる薬草なのである。ただ、産地があまりに辺鄙《へんぴ》な場所で、王都への流通ルートが確保されていないのだ。

「……うん。分かった、あきらめる」

「残念だねぇ。わざわざ現地調達せずとも王都で買いつけられるルートが確保できるなら、多少値が張っても商談をもちかける価値があるかと思ったのに」

「ま、まま待ってくれ！　分かった、この値段で取引するから、どうか商談をさせてくれ！」

背後からかかる必死な声ににやりと暗い笑みを浮かべてから、アメリアは明るい笑顔に塗り替えて振り向く。

「今日のところはこの薬草を購入するのみで、商談は後日、こちらからご連絡申し上げます。それまでに、継続的にフルリア草を確保できるのか、その場合、いくらかかるのかなど、提示できるようにしておいてください」

結局、アメリアが脳内で算出した適正価格でフルリア草を手に入れ、アメリアとルイスはルビーニ家へと帰ったのだった。


ルビーニ家に戻ったアメリアは、フルリア草の流通ルートが確保できそうなことをベアトリスに伝え、その後エイブラハムから調薬についての師事を受けようと彼の部屋を目指した。

「おや、アメリアさん。これから調薬のお勉強ですか？」

エイブラハムの部屋へ向かう前に、彼に持ってきてねと言われていた薬草を取りに行こうと、薬草保管庫へ向かっていたアメリアは、そこで意外な人物と出くわした。今朝話題になった、出入りの商人の跡取りだ。

どうやら、ルビーニ家が他所《よそ》の店から薬草を買ったという情報を早くも手に入れたらしく、商人が謝罪しに来たようだ。

「父はいま、ベアトリス様のところで土下座《どげざ》しています。私は、お詫《わ》びの品として薬草を届けにきました」

「はぁ……それはそれは、自業自得《じごうじとく》とはいえお疲れ様です」

アメリアが頭を下げると、跡取りも「本当に、おっしゃる通りで言い訳もできません」と頭を下げた。

アメリアが姿勢を正そうとした時、背後から腕がふたつ伸びてきて、彼女の身体《からだ》に巻きついた。突然のことに驚いたものの、アメリアはとくに抵抗することなくその腕の中にすっぽりと納まり、背中をたくましい胸板にぶつける。

「おい、こら、お前。謝罪として薬草を届けてきたとか言いながら、本当はアメリアに近づこうっていう魂胆《こんたん》か」

アメリアを背後から抱きしめる人物——コンラードは、まるで敵を前にした犬のように低く吠《ほ》える。先ほどまでのふたりのやりとりから、なにをどうしたらそう思うのか。どう考えても言いがかりでしかなく、アメリアはげんなりとした表情で両手を勢いよく持ち上げた。

「いいか、俺の許可なくアメリアに近づぐっ――」

下から伸びてきたアメリアの両手が、コンラードのあごを無理矢理閉じさせる。話している最中だったコンラードは、舌を嚙《か》んだのか両手で口を押えてうずくまり、悶絶《もんぜつ》した。

「いつもいつもコンラード様が失礼なことばかり言って申し訳ありません」

「いえいえ、慣れていますから」

アメリアと跡取りがまたお互いに頭を下げあっていると、なんとか復活したコンラードが割り込んできた。

「あへいあっ！　はんへほほふうんはっ！」

「コンラード様が訳の分からないことを言い出すからでしょう。私が男の人と話すたびにそうやって威嚇《いかく》してまわるのやめてもらえる？」

「お前は年頃の娘なんだぞ、男と気安く話すんじゃない！」

「あのね、この方は結婚してるの。しかも、婿《むこ》養子なのよ！　浮気なんてできるはずがないでしょう」

「そうですね。追い出されますから」と跡取り――改め、婿殿は同意した。

「信用できるか。男っていうのはな、隙《すき》あらばって常に思ってんだよ！　お前はもっと警戒心を持つべきだ」

「ビオレッタ様みたいな絶世の美女ならまだしも、私のような平々凡々《へいへいぼんぼん》に興味を持つ男性なんていません」

「お前はなにもわかっていない！　今日だって、ルイスが一緒に出掛けなければどうなっていたことか……出かけるときはローブをかぶれっていつも言っているだろう」

「いやだよ。いまの時期は暑いから嫌いなの！　それに、子供連れのお母さんとかに小声で近づいちゃいけませんとか言われて、ちょっぴりしょっぱい気持ちになるんだから」

「男が近づいてこないなら多少遠巻きにされたっていいだろうが！」

「だから誰も近づいてこないって言っているでしょう！」

とうとう言い合いを始めてしまったアメリアとコンラードを見て、婿殿は慌てず騒がず、「では、私はこれで……」と言ってそそくさとその場を去っていったのだった。


婿殿がいなくなってからも、しばらくコンラードと言い争いを続けていたアメリアだったが、これ以上は不毛《ふもう》だと判断し、まだまだ何か言い足りなさそうなコンラードを無視してエイブラハムの部屋へと向かった。

いつもより遅れて現れたアメリアへ、エイブラハムは怒るでもなく「妹は大変だねぇ」と、的確かつ他人事《ひとごと》な意見を述べた。父親なのだから息子のあの妄想癖《もうそうへき》をなんとかしてくれ、とアメリアは思ったが、コンラードの暴走を止められるのはビオレッタだけだと、この四年間で嫌になるほど痛感しているアメリアは、黙って調薬の手伝いを始めた。

『アメリア、もうすぐ来るよ！』

アメリアと一緒にエイブラハムの調薬を見学していたブランが、アメリアの肩までよじ登って教えてくる。窓を見ると、もう陽が傾いて茜色《あかね》の光が差し込んでいた。

「おや、もうそんな時間かい？」

作業台から顔を上げたエイブラハムが、誰もいない虚空を見つめてつぶやく。エイブラハムはビオレッタと同じように闇の精霊の姿が見え、かつ声が聞こえるので、きっとその視線の先に闇の精霊がいるのだろう。

「では、アメリア。今日はこの辺りでおしまいにして、外へお迎えに行こうか」

エイブラハムは振り返り、優しく笑いかける。エイブラハムはルイスとうりふたつの地味な顔の男性で、ひとつひとつの表情や、仕草、言葉遣いに優しい人柄がにじみ出ている。猪突猛《ちょとつもう》進《しん》な女傑《じょけつ》ベアトリスを傍で支え、争い事が起こったとしても丸く収めてしまうため、ベアトリスの手のひらで転がされているようで、実際はエイブラハムの方が転がしているのではないか、と思ってしまう、なんともつかみどころのない人だった。

エイブラハムと一緒に部屋から出ると、廊下《ろうか》にはすでにコンラードとベアトリスが姿を現していた。ただ、ルイスの姿だけはない。

「あ、そっか。ルイス様は精霊と交流できないんだっけ。じゃあ、迎えに行こう」

ルビーニ家でただひとり、ルイスだけは精霊の姿を見ることも声を聞くこともできなかった。

『ルイスの場合、闇の精霊の存在だけは感じられるんだよね。というか、もともとルイスが闇の精霊みたいに暗い場所を好むから、何となく闇の精霊と同調している感じ？』

定位置であるアメリアの頭上に落ちつくブランが、小首を傾《かし》げて説明する。

「それって結局どういうことなの？」

『うーんとね、闇の精霊がたくさんいる場所を知りたければ、ルイスに聞けばいいよ、てこと！』

ブランの答えに「なんだそりゃ」と突っ込みつつ、アメリアはルイスの部屋の扉を叩いたのだった。


アメリアがルイスとともにルビーニ家の屋敷の玄関へ出たとき、すでに一台の馬車が門の前に停まっていた。アメリアたちが慌てて駆け寄り、コンラードの隣に並ぶと、ちょうど馬車の扉が開いた。

飾り気のない真っ黒な馬車は、ひとたび扉を開ければ目が眩《くら》むほどにきらびやかな内装だった。お忍び用ゆえに外観を飾り立てられなかった分、内装に贅《ぜい》をつくしたんだろうな、とアメリアは関係のないことをしみじみ思っている間に、ひとりの女性が馬車から降りてくる。

華やかに揺れる赤毛をハーフアップにし、猫のように吊り上がった目をしたつんとした美人は、ビオレッタの専属護衛であるメラニーだ。メラニーは出迎えたエイブラハムたちに会釈《えしゃく》をすると、馬車の中へと手を差し伸べる。その手に支えられながら馬車から身を乗り出したのは、ルビーニ家の末娘であり、王太子妃であるビオレッタだった。

一カ月ぶりに会ったビオレッタは、相も変わらずまぶしいほどの美貌《びぼう》を誇っていた。夕日を受けて炎のごとく輝く金の髪、空色の瞳は優しくほころび、頰《ほお》は少しふっくらしたように感じる。メラニーだけでなく、コンラードの手も借りて、慎重に馬車から降りたビオレッタのお腹は、大きく膨《ふく》らんでいた。

「お帰り、ビオレッタ」

エイブラハムが声をかけると、ベアトリス、コンラード、ルイスと続き、最後にアメリアが「お帰りなさい」と声をかけた。

「ただいま、みんな。わざわざお出迎えまでしてもらって、ごめんね」

「何を言っているんだ。かわいい娘が身重《みおも》で帰ってくるというのに、出迎えないわけがなかろう」

ベアトリスの言葉に、全員が大きくうなずく。ビオレッタははにかむように微笑《ほほえ》んで、大きく膨らんだお腹をなでた。

現在、ビオレッタは妊娠《にんしん》九カ月。間もなく臨月《りんげつ》に差しかかる。王太子の子供であるから、本来なら出産まで王城で安全と健康に気を配って過ごすはずなのだが、もともと精神的にもろいところがあったビオレッタが、出産という人生の大きな出来事を前に情緒《じょうちょ》不安定となってしまい、お腹の子の健《すこ》やかな成長のためにも、特例で里帰り出産が行われることになった。

本当は、もっと早い段階からルビーニ家へ戻ることを打診《だしん》されていたのだが、ビオレッタは光の巫女として、光の神からの祝福を国民に授けなければならない。その責務をぎりぎりまで全《まっと》うしたいとビオレッタ自身が望んだため、臨月直前まで光の巫女として立ち続けていたのだった。

アメリアは一カ月前、王都の教会で祝福を授けるビオレッタを見たのだが、生まれたばかりの赤ん坊に祝福を授けるビオレッタに、人々が「巫女様も元気な赤ちゃんを産んでくださいね」と声をかけていて、とても心が温かくなる光景だった。きっとビオレッタも、ああやって母親となった人たちに励《はげ》まされることで様々な不安と向き合っているのだろう。

「そうだ、ビオレッタ。アメリアから、お前に渡したいものがあるんだ」

コンラードがそう話を持ち掛けると、ルイスがアメリアの背後に回って彼女の背中を押した。

ビオレッタの目の前に立たされたアメリアに、ビオレッタは「なになに？」と目を瞬かせる。二十歳《はたち》を過ぎても、ビオレッタのかわいらしさは変わらなかった。

「あ、あのね、ビオレッタ様。これ、ビオレッタ様に渡そうと思って、コンラード様とルイス様と一緒に作ったの」

差し出された小瓶《こびん》を受け取ったビオレッタは、ふたを開けて匂《にお》いを嗅《か》ぎ、ふんわりと笑った。

「これ、幸せ香《こう》だね。ありがとう、アメリア」

頬が丸みを帯びたせいか、見るものを幸せな気持ちにさせる愛らしい笑みをビオレッタは浮かべ、アメリアを含めたその場にいる全員が笑顔になる。

これほどまでに幸福感に溢《あふ》れたビオレッタが情緒不安定だなんて、王太子であるエミディオが心配しすぎなんじゃないだろうか、とアメリアは怪しんだが、現実は甘くなかった。


ビオレッタの情緒の不安定度は、アメリアの想像を絶するものだった。

ある時はご機嫌に生まれてくる我が子の産着《うぶぎ》を縫《ぬ》っていた。なんでも、赤子が最初に着る服は、母親がひと針ひと針想いを込めて縫い上げたものが好ましいらしい。ビオレッタは、「ずっとひきこもってばかりいたから、お裁縫《さいほう》は得意なんだ」と言って、すでに何十枚目の産着を縫い上げていた。

いくら赤ん坊は着替えがたくさん必要といっても、何十枚も必要ないだろうと思ったアメリアは、それとなくやめるよう諭《さと》してみたのだが、ビオレッタは聞く耳を持たなかった。なにかにとりつかれたかのように縫い続けるビオレッタを心配したアメリアがベアトリスに相談すると、ベアトリスは産着ではなく、成長した我が子のための服を縫ってはどうかと提案した。子供はすぐに大きくなると教えられたビオレッタは、子供の将来のための服を縫いはじめ、産着の大量生産は阻止《そし》されたのだった。

ついこの間なんて、子供が生まれたときに歌ってあげたいからと子守唄を歌い始めたかと思えば、歌声が途中で止まり、泣き出してしまった。なんでも、子守唄を途中までしか覚えていなかったらしく、頼みの綱《つな》だったベアトリスさえも忘れてしまっており、とうとうビオレッタは子供のように泣きじゃくった。

アメリアもベアトリスもお手上げ状態となっていたところへ、騒動を聞きつけたエイブラハムがやってきた。事情を聞いたエイブラハムは、なんと子守唄を覚えていると言って最後まで歌ってくれた。その歌がお世辞《せじ》にも上手とは言えない代物《しろもの》で、こらえきれず笑い出したベアトリスにつられてビオレッタも笑った。結局、エイブラハムの歌で思い出したベアトリスによって子守唄をきちんと教えてもらい、最後はルビーニ家の魔術師を含めた全員で子守唄を大合唱した。

最初はビオレッタの情緒不安定さに戸惑っていたルビーニ家の面々も、次第に柔軟に対応できるようになり、ビオレッタも徐々に落ち着きを取り戻し始めた、そんな時だった。

「アメリア、お前に見合い話がきたぞ」

朝食の席で、いつもの世間話のようにベアトリスが言い放った事実に、

「はああああああぁぁぁっ!?」

アメリアではなく、こじらせたシスコンふたりが盛大に反応したのだった。

『きゃ〜〜〜〜〜〜！　アメリアがお見合いだって、これはもう気合入れて挑まなくちゃだよね、だよね！』

アメリアの頭上でブランが飛び跳ねて喜ぶはたで、コンラードが「ちょっと待てぇ！」と吠《ほ》える。

「全っ然そんな話聞いてねぇぞ！」

「寝耳に、水……」

「そりゃあ、言っていなかったからな」

いまにもつかみかからん勢いで問い詰めるコンラードと、静かながら怒気を感じる声音《こわね》で非難するルイスに対し、ベアトリスは悪びれもせずに隠していたことを白状した。

「そもそも、だ。見合い話事態は結構前からもちかけられていたのだ。ただ、私のところで止めてあった」

「だったらそのまま止めておけばいいだろう。どうしていまさら持ち出すんだよ！」

「結婚、まだ早い」

「私もそう思っておったんだがな、この間、アメリア本人が私に言ったんだ。もう自分は嫁に行ってもおかしくない歳《とし》だと」

「アメリア――――！」

当事者でありながら蚊帳《かや》の外だったアメリアは、コンラードの落雷のような大声をあびながら、ここで自分に矛先《ほこさき》を向けるのかとベアトリスを恨んだ。

「いや、だって、事実だもん。私ももう十六だよ？　私が生まれた村では見合い話が持ち上がる頃合いだったから」

「周りがどうとか関係ないんだよ。お前はまだまだ幼いんだからお嫁になんていかなくていいの！」

「幼いって……だから私もう、十六――」

「アメリア、結婚して家から出たい？」

ルイスの直球な問いに、アメリアは答えあぐねて言葉を詰まらせた。

アメリアの正直な気持ちとしては、結婚などせずにずっとルビーニ家にいたい。ルビーニ家の面々は、住み込みの魔術師を含め、みんないい人たちばかりで、役立たずなアメリアを家族と認めて大切にしてくれている。やっと手に入れた安らげる居場所を、手放したくなどない。

けれど、いつまでもルビーニ家の人々に甘えてばかりではいけない。人としてまっとうな生活環境と、十分すぎるほどの教養を与えてもらったのだから、その恩に報いるためにもどこかルビーニ家へ利をもたらす家へ嫁《とつ》げないか、とずっと考えていた。

「おいこら、アメリア。お前もしかして、この家から出ていきたいのか？」

「そ、そんなことないけど……」

「けど、お嫁には行きたい？」

「まぁ、人並みに」

「だからって、いまじゃなくてもいいだろう。お前みたいにしっかりした娘ならお嫁の貰《もら》い手なんていくらでもある。焦っていま決める必要なんてない！」

「いやいや、ないよないない。私はルビーニ家の縁者でもなんでもないもん。そもそも、見合い話がやってくること自体がおかしいんだって」

「アメリア、かわいい。男ども、放っておかない」

「ルイス様は一度ネギナ草をひっかぶるべきだと思う」

アメリアが丁寧《ていねい》に突っ込んでも、コンラードとルイスの暴走は止められそうにない。すがる思いでベアトリスへと視線を送ってみたが、話を持ちだした当人は我関せずで食事を再開していた。

「アメリアにお見合い話かぁ……」

殺伐《さつばつ》としはじめた空気をまるっと無視した、のんびりとした声が食堂に響く。アメリアだけでなく、コンラードやルイスも黙って視線を送れば、声の主――ビオレッタが、膨らんだお腹をなでていた。

「そっかぁ、アメリアももう十六歳だもんね。大きくなったよ」

自分のお腹に視線を固定したまま、ビオレッタが「ねぇ～」と首を傾《かし》げれば、ビオレッタの膝の上で丸まっていた黒猫のネロが起き上がり、『あれから四年も経ったんだからな。そりゃ、ビオレッタも母親になるか』と言ってビオレッタの膨らんだお腹に両前足を置いた。ちなみに、ネロの正体は黒猫に擬態した闇の精霊である。

お腹の子供に話しかける、ひとりと一匹の微笑《ほほえ》ましい姿にこの場にいた全員が思わず和《なご》んだその時、突然、ビオレッタが表情をゆがませて涙を浮かべた。

「えっ、ビ、ビオレッタ様、どうしたの!?」

ついさっきまでのほほんとお腹の我が子に話しかけていたはずなのに、どうしてここで泣きだすのか。戸惑い、慌てるアメリアたちのなかで、ネロだけは『はい、めそめそスイッチ入りました～』と冷静かつ的確に状況を説明した。

「あぁ、なるほど。えっと、ビオレッタ様。なにに不安になったの?」

ネロのおかげで、いつもの浮き沈みがやってきたのだと理解したアメリアは、ビオレッタから不安を吐き出させるためにも優しく問いかける。

「あのね、いつかアメリアみたいに、この子もお嫁さんになって私のもとからいなくなっちゃうのかなって思ったら、寂しくて寂しくて……」

「いまからっ!?　まだ生まれてもないよ!」

優しく、を心がけたというのに、思わずアメリアは突っ込んでしまった。そんな彼女の頭上で、ブランが『そもそも男か女かも分からないじゃない』とずれた指摘をする。

「そうだぞ、ビオレッタ。男だったら、結婚してもずっと一緒に暮らせるぞ」

コンラードが大げさにうなずいて励《はげ》まそうとするが、ビオレッタは「で、でも……」と言葉を続ける。

「男の子だったとして、それはそれで心配だよ。だって、コナーにいみたいにいつまでも結婚してくれなかったらどうしよう。お嫁さん、ちゃんと連れてこられるかな？」

ビオレッタの、悪気がないゆえに胸をえぐる言葉に、コンラードは石のように固まり、アメリアとベアトリスは「ぶふっ……」とふきだして口を慌てて両手でふさいだ。

「ビ、ビオレッタ。結婚していないのは、俺だけじゃないだろう？　ルイスだって、していないじゃないか」

「確かにそうだけどさ……コナーにいは長男でしょ？　将来ルビーニ家の家督を継ぐんだし、早く身を固めるべきだと思うの」

ビオレッタのもっともな意見に反論できず、とうとうコンラードは黙りこんでしまう。アメリアとベアトリスが黙って肩を震わせるなか、ネロだけは『つーか生まれてくる子供は王族なんだから政略結婚だろ』と、相変わらず冷静かつ的確な意見を述べていた。

『もぉ～、まだまだ遠い未来の話なんてしてないでさ、アメリアのお見合いについてもっとちゃんと教えてよ！　相手はどんな人なの？　どうやってアメリアを知ったの？』

本題であるはずなのに、見合い話の詳細がいつまでも明らかにならないことにしびれを切らしたブランが、アメリアの頭からテーブルへ降り立ってベアトリスのもとへと駆け寄った。催《さい》促《そく》するようにその場で飛び跳ねて見せるブランに、ベアトリスは「そうせっつかずとも話す」と苦笑する。

「今回、アメリアを嫁に欲しいと言い出したのは、ファウベル侯爵家の次男、エバートンだ」

まさかのお貴族様だったと驚くアメリアの周りで、「エバートン!?」と、コンラード、ルイス、ビオレッタがそれぞれ声をあげた。

「ちょっと待てぇ！　どうしてあんなクソガキにうちの大切なアメリアをやらねばならんのだ！　俺は絶対に認めないぞ！」

コンラードのただならぬ反応に、アメリアはいったいどんな人なのだろうと不安になる。そもそも、クソガキと呼ばれるということは、まだまだ幼いということだろうか？

「大丈夫、エバートン、俺と同い年。二十四歳」

アメリアの顔を見てその不安を感じ取ったのか、ルイスが説明してくれた。

「二十四歳の大人を相手に『クソガキ』って、侮辱《ぶじょく》とかにならないの？」

「心配ない。エバートン、俺たちの従兄弟《いとこ》だから」

思いもよらぬ新事実の発覚に、アメリアは「え？」とこぼして動きを止める。

侯爵家の次男が従兄弟ということは、つまり、ビオレッタたちの両親のどちらかが侯爵家の人間ということだ。

アメリアは口を間抜けに開けっ放しにしたまま、視線をベアトリスへ向ける。視線が合ったベアトリスは、小首を傾げて笑った。

「現ファウベル侯爵は私の兄だ」

「えええええええぇぇっ！」

「なんだ、アメリア。そんなに驚くことかのう？」

「驚きますよ！　だって、ベアトリス様ってば、精霊の声が聞こえましたよね？　てっきりルビーニ家の遠縁か何かだと思っていたのに……」

アメリアの勘違いを、ベアトリスは快活に笑い飛ばした。

「私はファウベル侯爵家の長女として生まれたんだよ。ルビーニ家の血縁ではないが、精霊の声を聞くことができてな。その縁でエイブラハムと出会ったんだ」

ベアトリスが「のう、エイブラハム」と同意を求めると、エイブラハムは「そうだね」と、頬《ほお》を染めて微笑んだ。エイブラハムの初々《ういうい》しい反応に胸を撃ち抜かれたアメリアは、何も言えなくなった。

「そっかぁ、エバーにいかぁ。エバーにいならきっとアメリアを幸せにしてくれるだろうね」

ビオレッタが昔を懐かしむようにしみじみつぶやくと、コンラードが「んなっ!?」と驚愕《きょうがく》の表情を浮かべる。

「ビオレッタ、お前、小さいころにやつに何度となく泣かされたことを忘れたのか!?」

「えぇ〜、泣かされてないよう。エバーにいは部屋にひきこもってばかりの私のために、いろんな珍しいものを持ってきてくれた、気の利《き》くお兄ちゃんだよ」

『そんでそのあとエバートンを追い出そうとコンラードが噛《か》みついて、喧嘩《けんか》になって、ふたりの剣幕におびえたビオレッタが泣きだすんだよな』

ネロの補足を聞き、アメリアはなるほどと納得する。

「ルイスが慌てて私を呼びにきたのが懐かしいのう」

「喧嘩、母様が止めるまで続いた」

『喧嘩両成敗《りょうせいばい》だと言って、ふたりにげんこつをお見舞いしていたよな』

ベアトリスとルイス、ネロのふたりと一匹で昔話に花を咲かせるのを見ながら、アメリアはふと思ったことを口にする。

「もしかして、コンラード様とエバートン様って、仲が悪いの？」

『悪いというか、同族嫌悪じゃないか？』

「お互いの実力、認めてる。ライバルみたいなもの」

「あのふたりは似ておるからのう」

「コンラード様に似ているって、どれだけ型破りな人なの？」

コンラードは魔術師でありながら、素手で熊を倒せるほどの強さを備えている。新しい薬草を手に入れるため、身ひとつで周辺国を歩き回り、数年にわたる長旅を終えて無傷で帰ってくるという、偉業というか異業を成し遂げていた。

　そんなコンラードとよく似た人物だなんて、不安しかない。

「エバートンは貴族でありながら、自分で動きまわりたい性質《たち》なんだ。興味がひかれたら、自分で出向いて調べたくてたまらない。まぁ、その積極的な性格のおかげで、交易商としてめざましい成功を収めているんだがな」

『あの好奇心の塊《かたまり》だった悪ガキが、いまでは国内で一、二を争う立派な交易商だからな。爵位と領地は持っていないが、下手《へた》な貴族より金を持っているんじゃないか』

『すごいすごい、アメリア、玉の輿《こし》だね！』

　無邪気に跳ね回って喜ぶブランに、アメリアは曖昧《あいまい》に笑うしかない。そんなたいそうな人物が、どうして自分のような小娘に結婚を申し込むのか。優秀な薬師《くすし》軍団であるルビーニ家ともっと深い縁をもちたいのだとしても、ルビーニ家に引き取られたというだけのアメリアでは、見合った価値は得られないだろう。

　ひきつった顔で笑うアメリアへ、ずっと黙っていたエイブラハムが「まぁまぁ」と声をかける。

「そんなに心配する必要はないんだよ、アメリア。すでに決定した話とかではないんだから、一度会って話をしたあとで考えてみればいい。君がエバートンとなら家庭を築いていけると思ったときに、初めてこの話は動きだすんだよ」

「で、でも……侯爵家から持ち込まれた話でしょう？　こちらに決定権なんて……」

アメリアの心配を、ベアトリスは「あるさ」と一蹴《いっしゅう》する。

「ルビーニ家は爵位こそ劣るが、歴史はどの貴族よりも深く、さらに薬師として国を支え、尽くしてきた実績がある。政治からあえて距離を置いているだけであって、我々が本気になれば、国を動かすことも不可能ではない」

『ある意味、国の心臓を握っているようなもんだからな。薬にしても、精霊にしても』

「俺の家族、不当に扱ったら、薬作らない」

ルイスのいつになく力のこもった発言を聞いて、アメリアは『もしも』の事態を想像した。

もしもルビーニ家が薬を作らなくなったら、きっとその事実と、それに至った経緯が精霊を通じて国中にいる魔術師の知るところとなり、共感した魔術師たちが同じように薬を作らなくなるだろう。

例えばそんな状況で新種の病が拡がったら、いや、新しくなくとも、昔から猛威《もうい》を振るってきた疫病《えきびょう》がどこかで流行するだけで、薬が不足してくるだろう。にもかかわらず、ルビーニ家の魔術師が薬を作らなければ……考えただけで、アメリアは背筋が凍った。

両腕を抱えて身震いするアメリアの背中を、隣に腰掛けるビオレッタが優しくなでる。

「大丈夫だよ、アメリア。エミディオ様も王様も賢い人たちだから、ルビーニ家が薬を作らない状況なんて起こりっこないって」

「そうだな。ビオレッタを嫁に出すときに、我々を政治の表舞台に出さないという約束を王家と交わした。これからも我々ルビーニ家は王家とつかず離れず、程よい距離と自由が許されている」

未来の王妃の親族といえば権力抗争のど真ん中にいそうなものだが、エイブラハムもベアトリスも全《まった》く関心を寄せず昔と変わらぬマイペースな日々を過ごしている。アメリアでさえ、ビオレッタに会うために王城を訪れて、そういやビオレッタは王太子妃だったなと思い出すというほど、ルビーニ家と権力は無縁だった。

「ええっと、ごめんなさい。なんだか話がごっちゃになってきたけど、結局、今回のお見合い話はどうすればいいの？」

話題がいろんなところへ飛んでいってしまい、こんがらがった頭を抱えてアメリアは疑問を口にする。間髪《かんはつ》を容《い》れずに「もちろん断れ！」と叫んだコンラードの顔にネロがとびかかり、強制的に黙らせたところで、ベアトリスが答えた。

「さっきエイブラハムが言ったとおりだ。どうするか、お前がエバートンに会って考えればいい。誰に気を遣う必要もない。アメリアの感じるままに決めればいいさ」

慈愛《じあい》に満ちた笑みを浮かべるベアトリスの背後で、痛みに苦しみながらも「だめだああ！」とコンラードが叫んでいる。なんとも混沌《こんとん》とした様相をまえに、アメリアはやはり、ぎこちなく笑うしかできなかった。

思いがけず騒がしい朝食となった、その日の午後、アメリアはコンラード、ルイスとともに、ビオレッタを散歩に連れだすことにした。

朝食の時にめそめそスイッチが入ってしまったビオレッタは、涙こそ見せないものの、どこか元気がなく、気分転換をさせた方がいいとベアトリスが判断したのだ。

真夏の太陽が照りつける午後であっても、王都はたくさんの人でにぎわっている。道の左右に露店が並ぶ通りを、アメリアたちは歩いていた。あまり広いとは言い難いその通りは人で溢《あふ》れかえり、油断すれば誰かとぶつかってしまう。そんな状況で、アメリアたち四人はゆったりと歩いていた。

なぜなら、深緑のローブを纏《まと》う筋骨隆々な男と、濃紺《のうこん》のローブを着た若木のように背ばかり高い貧弱そうな男と、漆黒《しっこく》のぶかぶかなローブをかぶる恰幅《かっぷく》のよさそうな女と、薄紫のローブを纏い、頭上に白い子猫をのせた少女という怪しげな四人組を前に、街の人々が遠巻きにしたからだ。王都に暮らす人々は魔術師に慣れているとはいえ、あまり外を出歩かない魔術師が四人も並んで歩いているのはとても珍しいことであり、さらにコンラードがあたりに目を光らせているために、何事かを始めるのではないかと街の人々はおびえていた。

アメリアには街の人々の困惑が十分理解できるし、多少良心も痛んだ。しかし、身重《みおも》のビオレッタに何の気兼ねもなく散歩させるには、この遠巻きな距離が大変ありがたかったので、あえてコンラードを注意しなかった。

ビオレッタとアメリアが露店に並ぶ髪飾りなどを物色したり、いくつもの露店をめぐって買った料理を四人で分け合いっこしながら食べたりしているうちに、露店が並ぶ市場を通り抜ける。市場の出口は円形の広場につながっていて、一気に視界が広がり、吹き抜ける風が心地よかった。中央の噴水を囲うように花壇《かだん》やベンチが配置されており、広間を囲う建物のいくつかは店を構えていた。

「人が多かったけど、みんなで食べ歩きとか楽しかったね。ビオレッタ様、これからどうしたい？　もう帰る？　それとももう一回市場巡りする？」

アメリアの問いに、ビオレッタではなくブランが『もうヤダ〜、暑いぃ〜』と答えた。それに対しアメリアが「頭の上なんて、陽がよく照りつける場所にいるからだよ。ほら、降りておいで」と促すと、ブランは『真夏の地面を舐《な》めちゃダメなんだよ。やけどするんだから！』と言って頑《かたく》なに降りようとはしなかった。

「えっと……その、少し休んでもいいかな？　時々、お腹がきゅううっと痛いんだ」

いまも痛むのか、ビオレッタはお腹をさすって眉根《まゆね》を寄せる。

「お腹痛いって、大丈夫なの!?　すぐに帰る？　歩けないなら、馬車を呼んできてもらおうか。

どうせ護衛の騎士やメラニーさんが遠巻きに見ているだろうし……」

慌てだすアメリアを、ビオレッタは笑顔で制した。

「心配しなくていいよ。臨月《りんげつ》に入ったから、ちょっと動きすぎるとすぐにお腹が縮むみたいに痛むの。赤ちゃんを産むための準備だって、お医者様が言っていたわ。そういう時は少し休んで、痛みがひいたらまたゆっくり歩いてくださいね、だって」

「だったら、どこかのカフェにでも入るか?」

コンラードに促されて、アメリアはあたりを見渡す。広場を囲う建物のなかに、いくつかカフェを発見した。どれも広場にテラス席を設けていて、居心地がよさそうだった。

しかし、ビオレッタは首を横に振る。

「そこのベンチで休めばいいよ」

そう言ってビオレッタが指をさしたのは、噴水の周りに一定間隔を置いて並ぶベンチだった。ベンチの横には大きな日傘が立ててあり、心地よさそうな日影がベンチを包んでいた。

ビオレッタの提案を聞いて、アメリアは密かに安堵《あんど》した。ビオレッタがルビーニ家に滞在していることも、こうやって街を散歩していることも秘密なのだ。そんな状況で店に入るのは避けたほうがいい。

アメリアはビオレッタの手を引いて、彼女の様子に注意しながら噴水を囲うように置いてあるベンチへと向かった。ビオレッタとふたりでベンチに腰掛ければ、目の前の噴水から噴きだす水が夏の陽射しをはねかえし、まるでシャンデリアのように輝いていた。

「ビオレッタ様、大丈夫？」

「うん。まだ少し痛むけど、そのうち治まるよ」

ビオレッタは背もたれに身体《からだ》を預け、細く長い息を吐きだす。アメリアが心配のあまりビオレッタの膨《ふく》らんだお腹をじっと見つめていると、ずっと姿の見えなかったネロがどこからともなく現れ、ビオレッタの腹に頰《ほお》ずりしていた。

「あれ、ネロ。いままでどこ行っていたの？」とアメリアが問いかければ、ネロは『ずっと一緒にいたぞ』とにやりと笑った。

『猫に擬態《ぎたい》した状態で、炎天下《えんてんか》で過ごすのはつらいものがあるからな。元の姿に戻っていたんだ』

『その手があったか！　もう、ネロってば教えてくれてもいいのに』

『教える必要もないくらいわかりきったことだと思ってたんだよ。そもそもお前、光の精霊だろ。夏の陽射しなんて大好物だろうが』

『そうだった！』と声をあげ、ブランは白猫から本来の姿へと戻る。人の頭くらいの大きさの光の玉の中に、蝶《ちょう》に似た羽根をもつ十歳くらいの幼子が現れた。

『アメリア、私、夏の陽射しにあたってくるね！』

アメリアの返事も聞かず、ブランは日傘が作る影から抜けだして、噴水へと飛びたっていった。波打つ水面がはねかえす光を、気持ちよさそうに受け止めている。

自由というか、現金というか、のびのびと生きるブランを、アメリアはもう放っておくことにした。

「ビオレッタ、飲み物欲しい？　市場で買ってくる」

アメリアの傍《かたわ》らに立つルイスがそう提案すると、ベンチの背後に立っていたコンラードがうなずいた。

「そうだな、ゆっくりするなら、飲み物でもあったほうがいいだろう。俺が買ってくるから、ルイスはふたりの傍にいてくれ」

ルイスが「わかった」とうなずくのを見てから、コンラードは市場の通りへと戻っていった。

広場のベンチから遠目に見ても、市場のある通りは人でごった返している。人込みのなかへ潜り込んでいくコンラードの背中を、アメリアがなんとはなしに見つめていると、ベンチの傍らに立つルイスが身をかがめてアメリアに耳打ちをした。

「ビオレッタ、何か悩んでる。だから、アメリア、話を聞いてあげて。俺、隣のベンチ、行く」

不意を衝《つ》かれたアメリアはルイスと視線を合わせたあと、ビオレッタへ顔を向けて様子をうかがう。お腹をじっと見つめながら黙ってなでまわすビオレッタと、彼女のお腹に両前足をのせて一緒に見つめるネロ。ひとりと一匹の、なんとも微笑《ほほえ》ましい姿を見てから、また改めてルイスへと視線を移すと、目が合ったルイスはうなずいてビオレッタの傍へ移動した。

「ビオレッタ。俺、隣のベンチに座ってる」

「あ、そっか、このベンチに三人は狭いものね。うん、わかった。いってらっしゃい」

「何かあったら、すぐに教えて。約束」

そう言って、ルイスが立てた小指を差し出すと、ビオレッタは「うん。約束」と笑って自分の小指をルイスの小指に絡めた。二回揺らしたあとふたりの小指は離れ、ルイスは少し離れた位置にあるベンチへと歩いていった。

ルイスが隣のベンチに腰掛けるのを見届けてから、アメリアはビオレッタへと声をかける。

「ねぇ、ビオレッタ様。お腹に触ってもいい？」

「うん、いいよ。いっぱい触ってあげて」

そう答えるビオレッタの笑顔はとても幸せそうなのに、どうしてあんなに落ち込んだりするのだろう。やはりなにか、大きな不安があるのだろうか。

アメリアは慎重に手を伸ばし、ビオレッタのお腹に触れる。滑らかな曲線を描いているのに張りがあり、固く温かい。喩《たと》えるものがない、唯一無二の感触に、アメリアは神秘を感じずにはいられなかった。

「この子は幸せだね。ビオレッタ様がお母さんなんだもん」

アメリアの両親は、人の親には向いていない人だった。一緒に暮らしていた当時はわからなかったけれど、ルビーニ家で暮らして四年、やっとそう考えられるようになった。

アメリアが自分の両親に思いをはせていると、ビオレッタが「そうかな……」と小さくこぼした。油断すれば聞き逃してしまいそうな弱音をきちんと拾いあげたアメリアは、ビオレッタを見る。ビオレッタは先ほどまでの幸福な笑顔を消し、暗くよどんだ空気を纏《まと》ってお腹を見つめていた。

「私ね、自分に自信がないんだ。ディアナさんや、ティファンヌさんみたいに、ちゃんとした母親になれるのかなって」

「どうしてそう思うの？　ビオレッタ様なら、絶対なれるよ。心配ない」

「そんなことないよ。だって、私は嫌なことがあるとすぐに逃げちゃうもの。自分の殻《から》に閉じこもって、なかなか外に出てこられない。そんな弱虫に、子供を守れるのかなって、すごくすごく不安なんだ」

いまでこそ王太子妃と光の巫女を立派に兼任するビオレッタだが、四年前に光の巫女に選出されるまでひきこもりだった。十六年前、まだまだ幼かったビオレッタの美しさに我を失った人々が乱闘騒ぎを起こし、間近でそれを目撃したビオレッタは強い恐怖を感じ、自分の部屋からほとんど出られなくなったという。

「光の巫女になって四年も経つのに、まだまだ人前に立つときは緊張するんだよ。こんな自分のことすらままならないのに、人の親になんてなれるのかな？　この子にね、すっごくすっごく会いたくて、それと同じくらい、怖い。こんなんじゃ、居心地が悪いよね。だからお腹が痛くなるのかも」

「ごめんね」とつぶやいて、ビオレッタはお腹を優しく叩いた。すると、まるでそれに返事をするかのように、お腹の子供が腹を蹴《け》った。まさかの出来事に、アメリアとビオレッタは顔を見合わせる。そして、どちらからともなく笑いをこぼした。

「子供に叱《しか》られちゃった。めそめそしているんじゃないってことかな」

「そうだね。大丈夫だよって、言ってるんだよ。きっと」

「本当に？　私がママで、大丈夫なの？」

そう言って、ビオレッタがまたお腹を叩けば、また蹴り返してくれる。今はまだ姿を見ることはできないけれど、確かに、そこにいるんだとアメリアは実感した。

「私がね、大丈夫だよっていうのは、べつに根拠のない慰《なぐさ》めとかじゃないんだよ。四年前、ビオレッタ様は私を助けるために、自分の髪を切ったでしょう」

四年前、誘拐《ゆうかい》されたアメリアを見つけ出すために、ビオレッタは光の精霊の力を借りた。その際、ビオレッタが精霊に差し出した対価が、彼女の輝く金の髪だったのだ。

月日が流れ、ビオレッタの髪はもとの長さを取り戻したけれど、あの日のビオレッタの姿は決して忘れない。

「確かに切ったけど……私が髪を伸ばしていたのはただ単に切るのが面倒だっただけで、長い髪に執着なんてなかったんだよ」

「そうかもしれないけどさ、でも普通は、生意気でかわいげなんてかけらもなかった小娘のために、対価を払おうなんて誰も思わないよ。しかも、自分の一部を差し出すなんてさ」

いまでも鮮明に思い出せる。絶望のあまり、全てを投げ出してしまったアメリアを照らしてくれた、あの優しい光を。誰も呼んでくれないと思っていたアメリアの名を、力強く叫んでくれたあの声を。

「あのとき、ひとりで頑張らなくていいんだよって、言ってくれたよね。あの言葉に、私は救われたの。ビオレッタ様はね、誰かのために頑張れる人なんだ。だから、子供のためなら頑張れるよ、絶対」

「アメリア……」

「理想とかけ離れていたっていいじゃない。不器用でも、無様《ぶざま》でも、子供を愛してくれるだけで十分なんだよ。それが一番大事」

悲しいことに、アメリアは両親から愛を受けとることはできなかった。生まれた当初はもらったのかもしれないが、覚えている限り、愛情を感じることはなかった。

そんなアメリアに、溢《あふ》れるほどの愛情を注いでくれたのは、ルビーニ家の人々と、そして、目の前にいるビオレッタだった。

「私にしてくれたみたいに、たくさんの愛情をこの子に注いであげてね。うっとうしいくらいに抱きしめて、大好きよって、何度も伝えてあげて。大好きって言われると、すごく安心できるから」

アメリアが幸福に満ちた、それでいてどこか翳《かげ》のある笑みを浮かべると、ビオレッタが両手を伸ばした。お腹に体重をかけないよう注意しながらアメリアが胸に飛び込めば、ぎゅっと抱きしめてくれる。

「……約束する。いっぱいいっぱい抱きしめて、もう聞き飽きたってくらいに、大好きって伝えるよ。大切なことを教えてくれてありがとう、アメリア。大好きよ」

「私も大好きだよ、ビオレッタ様。私にできることは少ないだろうけど、手伝えることがあったら遠慮《えんりょ》なく言ってね」

アメリアとビオレッタは視線を合わせ、はにかむように笑いあった。いつまでも抱き合っていたいけれど、お腹の子供に障《さわ》るといけないので、アメリアはビオレッタから離れる。ベンチに座りなおし、隣のベンチからことの成り行きを見守っていたルイスに声をかけようと、視線を投げたときだった。

「クエ――ッ、コ、コ、コケェッ」

耳をつんざくような鳥の鳴き声が広場に響き渡った。

何事かとアメリアたちが背後をうかがえば、一台の荷馬車の周りを、何十羽ものニワトリが歩き回っていた。荷馬車の足元にニワトリが入っていたと思われる大きな籠《かご》が転がっていること、馬車の持ち主なのであろう男性が慌ててニワトリたちを捕まえようとしていることから、何かの拍子に荷馬車から籠が落ち、ニワトリたちが逃げ出してしまったのだろう。

ニワトリたちは自由になれたことがよほどうれしかったのか、広場を縦横無尽《じゆうおうむじん》に走っている。持ち主の男性は手近なものから捕まえているが、好き放題にどこまでも歩いていくニワトリたちをひとりで回収するのは至難《しなん》の業《わざ》だろう。

「なんだか大変そう。私、ちょっと手伝ってくるね」

アメリアたちのもとまでやってきたニワトリを見て、アメリアが言い出した。ビオレッタも男性を不憫《ふびん》に思ったらしく、「そうしてあげて」と答えた。

「ルイス様、私、手伝ってくるから、ビオレッタ様をお願い」

隣のベンチから同じように騒動を見守っていたルイスが、アメリアの声に反応してこちらへと駆け寄ってくる。

「俺が、行く。アメリア、ビオレッタとここにいて」

「私とビオレッタ様だけだと、万が一誰かが襲撃してきたら守れないから、やっぱり私が行ってくるよ。ルイス様は、ビオレッタ様を守ってね」

「……わかった。でも、アメリアも気をつけて。ひとりだと、声かけられる。知らない人、ついていっちゃだめ」

「やだ、大丈夫だよ。もう子供じゃないんだから」

相変わらず過保護なルイスに、アメリアがこらえきれず笑いをこぼすと、ルイスはふてくされた表情で「子供じゃない。だから心配」と言った。

「アメリア、かわいいものね。よくお使いで街を歩くし、お使い先の人たちとも愛想よく受け答えするから、魔術師だけど、私たちと違って街の人たちからあまり遠巻きにされていない」

「お使い先って、薬を納品するお医者様とか、薬草を買いつける商店とかだよね？　無駄な軋《あつ》轢《れき》を生まないよう、愛想もよくするよ」

ルビーニ家が作る薬は貴重であるから、愛想が悪かろうと注文がなくなることはないだろう。だが、せっかくなら相手側に好意的な印象を与え、お互いに気持ちの良い取引ができるようにしたいとアメリアは思ったのだ。

「そこまで考えているなんて……アメリア、いい子！」

そう言って抱き着いてくるビオレッタを、アメリアは「はいはい」と受け止める。ルイスはまだ何か言いたそうだったが、結局口をつぐんだ。

「それじゃあ、あのおじさんを助けてくるね。もうすでに何人か手伝っているみたいだし、すぐに終わるよ、大丈夫」

「ニワトリ集め終わったら、真っ直ぐ戻る。寄り道しない」

コンラードみたいなことを言いだすルイスに、アメリアは「わかってます」と眉《まゆ》を下げて笑い、ビオレッタたちに手を振りながら荷馬車へと歩き出した。

アメリアが手伝うか手伝わないかでもめている間にも、ニワトリは自由を謳歌《おうか》していたらしく、荷馬車へたどり着くまでに、アメリアはニワトリを一羽捕まえた。

『アメリア、何してるの？』

捕まえたニワトリを眺め、こんなに簡単に捕まるなんて、このニワトリに危機意識というものがきちんと備わっているのだろうか、などとどうでもいいことを考えていたアメリアに、精霊の姿のままのブランが声をかけてくる。ブランに事のいきさつを説明し、一緒に荷馬車へと向かった。

捕まえたニワトリを持ち主の男性に返し、アメリアは次のニワトリを捕まえに行く。いくつかの店からも人が応援に出てきていて、結構な数の人が広場中を走り回るニワトリを追いかけていた。ずいぶん大事《おおごと》になってしまったが、このぶんだとすべてのニワトリを回収するのにそれほど時間はかからないだろう。

『あ。アメリア、あっちの小道に一羽逃げこんじゃう』

ブランに教えられた方向をみると、一羽のニワトリが広場から細い路地へと近づいていくのが見えた。周りをうかがってみても、誰かほかに気づいている人もいなかったので、アメリアはそのニワトリを追いかけることにした。

まっすぐ路地へ向けて歩いていくニワトリの背中に追いつこうと、アメリアは小走りで向かう。小気味よく上下するニワトリの頭に視線を固定したまま、アメリアは路地へと入った。道幅が狭い故か、視界がぐんと薄暗くなったことを感じつつ、アメリアは路地の奥に入り込む前にニワトリを確保する。

「やっと捕まえた！　もう、ブランが気づいてくれたからよかったものの、こんな路地に入りこんじゃったら、誰にも見つけてもらえず、ひとりぼっちになっちゃうんだよ」

捕まえたニワトリを視線の高さに持ってきて、目を合わせて説教しようとするも、ニワトリはそっぽを向いてしまった。

「こら、視線も合わせないなんて反省が足りないぞ」

『何やってんの、アメリア。鳥相手に説教なんて無理に決まってるじゃん』

ブランの冷たい指摘を受け、アメリアは「分かってるけど何となくやりたかったんだよ」と寂しく答え、ちょっとしぼんだ気持ちになりつつため息をこぼしてニワトリを視線から下ろす。

路地の奥で、数人がかりで取り押さえられている男性と目が合った。

取り押さえられている男性は、見るからに上等な服を着ており、貴族か豪商のボンボンだろう。対する男たちはごろつき、という言葉がよく似合う外見をしていた。

貴族のボンボン＋ごろつき集団＝誘拐？

「……え、ええっとぉ、ブラン！」

ニワトリを放り投げながら、アメリアはブランに指示を出した。ブランはアメリアの声にいち早く反応し、取り押さえる男たちのもとへ飛んでいって彼らの目の前でまばゆい光を放った。

光に驚いて男たちがひるむと、取り押さえられていた男性が彼らの拘束《こうそく》を振り払う。アメリアは男性のもとまで駆け寄り、彼の腕をとって男たちの群れから男性を引っ張り出した。

『よし、アメリア、すぐに逃げよう！』

広場へと飛んでいくブランの背中を追いかけようとしたアメリアだったが、助け出した男性が「こっちだ！」と言ってアメリアの腕を引っ張り、あろうことか広場と反対方向——路地の奥へと走り出した。

「ちょ、ちょちょちょちょっとぉ！　こっちは逆、広場はあっちにあるのに！」

無理矢理走らされながらもアメリアが抗議の声をあげると、腕を引っ張り続ける男性は「そうだったのかい？　ごめんね」と黒髪をなびかせて答えた。

「でも、もう戻れないんじゃないかな。ほら、追いかけてきた」

男性に促されてアメリアが背後を振り返ると、男性を取り押さえていた男たちが追いかけてきていた。二、三人が並べばふさがってしまうような細い路地で、追いかけてくる男たちを躱《かわ》して引き返すなんて不可能だ。こうなったら、細く入り組んだこの路地を駆け抜けて逃げ切るほかない。

「ねぇ、このあたりの道に詳しいの？」

腕を引っ張る男性の足取りに迷いはない。てっきり目的地があって走っているのかと思えば、彼は「全然詳しくないよ」と悪びれもせず答えた。

「だって僕、普段は馬車移動ばかりでこうやって歩いて移動することが少ないからね！」

「はあああああぁっ!?　ちょっと待って、それじゃあ、このままだと……」

アメリアが最悪の事態を口にする前に、それは実現した。袋小路《ふくろこうじ》にたどり着いてしまったのだ。仕方なく足を止めたふたりは、行く手を阻《はば》む壁を呆然《ぼうぜん》と見つめながら、背後に近づいてくる足音を聞いた。


あえなく追手に捕まってしまったアメリアは、目撃者を放置することはできないという理由で、男性とともに縄で拘束されて連れ去られてしまった。身動きひとつできないアメリアが放り込まれたのは、とある屋敷の一室。どこの誰の屋敷なのか、移動中目隠しをされていたため皆目見当がつかないが、高い天井につりさげられた豪奢《ごうしゃ》なシャンデリアや、繊細な刺繍《ししゅう》が施《ほどこ》された布をふんだんに使用した調度品《ちょうどひん》たち、起きあがろうと転げまわっても痛みを感じないほどふかふかな絨毯《じゅうたん》などから、貴族か豪商の屋敷であろうことはすぐに分かった。

「ニワトリを追いかけただけなのに、どうしてこんなことに……」

絨毯のうえでもがきながら、アメリアは忌々《いまいま》し気につぶやく。アメリアの視線の先には、この部屋に閉じ込められているもうひとり、今回の騒動の原因である男性が床に転がっていた。

「いやぁ、ごめんんね。君を巻きこむつもりはなかったんだよ。まさかあんなタイミングに、ニワトリを追いかけて割りこんでくるなんて誰も思わないから」

自分たちを連れ去った誘拐犯が部屋にいないとはいえ、男性は危機感もなく笑って見せる。乱れてもなおつややかな黒髪や、ほころんだ目元にはまった黒真珠《くろしんじゅ》のような瞳、笑みの形を作る口元に覗《のぞ》く白い歯が爽《さわ》やかで、ビオレッタやコンラードといった美形を見慣れたアメリアでさえ、こんな状況でなければ見惚《みほ》れていたことだろう。そう、こんな胸から下が縄でぐるぐる巻き、なんていう状況でなければ。

アメリアがジト目で男性をねめつけると、男性は縛《しば》られているにもかかわらず器用に肩をすくめてみせた。

「心配しなくていい。そのうち僕の部下がやってくるから」

部下、というからには、目の前の男性は人の上に立つ者なのだろう。身に着けている黒いコートはしっかりとした生地で仕立てられているし、シルクのシャツにはシミひとつない。豪商という可能性もあるが、彼から醸《かも》し出される雰囲気《ふんいき》から、貴族なのだろうとアメリアは思う。

貴族のボンボンを誘拐してきて身代金《みのしろきん》をがっぽり要求、よくある話だ。男性の落ち着き払った様子を見る限り、慣れているようにも思える。つまり、いままでも何度かこんな目にあっていたが、無事生き残れているということで、アメリアの助けなど必要なかったのかもしれない。

「あぁ……どうしてあの時この人を助けようなんてしちゃったのかしら。ニワトリは捕まえていたんだし、さっさと踵《きびす》を返して広場へ戻ればよかったわ」

攫《さら》われそうな人を、精霊の力を借りて助けるだなんて、まるでビオレッタみたいではないか。誰にでも優しく、当然のように困っている人に手を差し伸べてしまうビオレッタと違い、アメリアは基本的に自分のことだけで精一杯で、誰かを助ける余裕はない。それなのに、取り押さえられた男性を見たとき、アメリアは考えるより先に動いてしまったのだ。

優しいルビーニ家の面々に囲まれているうちに、彼らの甘さが移ってしまったのかもしれない。そう思うと、巻きこまれたこの状況もそれほど苦に感じなくなった。

「この状況で笑うだなんて、君は肝《きも》が据《す》わっているね。それとも、いまいち状況を理解できていないとか？」

「失礼ね。この状況を理解できないほど馬鹿でも世間知らずでもないわ。ただ、大丈夫だって確信しているの。あなたと同じように、私にも心強い味方がいるんだから」

アメリアが誘拐されたことは、ブランを通じてコンラードやルイスの知るところとなっただろう。ビオレッタもいることだし、いまごろ精霊にここまで案内させているのではないだろうか。

『アメリア、みーっけ！』

この場にそぐわない無邪気な声が背後からかかる。アメリアが身体《からだ》ごと振り向くより早く、白猫の姿に擬態し直したブランがアメリアのちょうど脇腹のあたりに両前足をのせ、ひょっこりと顔を覗かせた。

『んもう、アメリアったら、どうして私の後に続かなかったのよ。あの状況では広場へ逃げるのが正解でしょう』

「ごめんごめん。私はブランに続こうとしたんだよ。でも、そこの人が私の腕を引っ張って反対方向に逃げちゃったの」

ブランは不満げに鼻にしわをよせ、アメリアから少し離れた位置で倒れる男を見つめる。

『……ま、いいや。もうすぐコンラードたちがやってくるし。あれから大変だったんだよ。アメリアが攫われたってわかって、すぐさまコンラードとルイスが助けに行こうとしたんだけど、それにビオレッタまでついて行くとか言いだして……』

「え、ビオレッタ様も一緒にこっちに来ているの？」

『そう。コンラードたちが必死に止めたんだけど聞かなくって。ああいう頑固なところ、三人とも一緒だよね。さすが兄妹。で、ビオレッタも一緒だから、メラニーや護衛の騎士たちも加わって結構な大所帯でこっちに向かっているところ』

コンラードとルイスが大騒ぎしているだろうことは予想していたが、メラニーや護衛騎士まで巻き込んだ大騒動になるとは思いもしなかった。後でメラニーたちに謝ろうとアメリアは心に誓った。

「どうやら、君のお迎えもやってきている感じかな？」

「えと……そうね。もう時間の問題だと思うわよ」

「そうか。それは困ったなぁ」

思いがけない男性の言葉に、アメリアが聞き返そうとしたとき、彼は扉の向こう側へ「おーい」と大声をかけた。なにをするつもりなのかと困惑するアメリアを無視し、男性は声を張り上げる。

「見張りさん、いるんだろう？　ちょっと来てもらえないかな」

扉の向こうから反応がなくともしぶとく声をかけ続けていると、扉が開いてひとりの男が顔を出した。

「……うるさいやつだな。いったい何の用があるっていうんだ」

「あぁ、ありがとう。実はね、恥ずかしい話なんだが、用を足したいんだよ。ちょっとトイレへ連れて行ってもらえないかい？」

「……いまは俺しか見張りがいない。お前をトイレへ連れて行ったらこの部屋の見張りがいなくなる。もう少し待て」

「無理だよ、無理無理。このままだと、せっかくの上等な絨毯に染みがついてしまうよ？　こんなか弱い少女がこれだけ厳重に拘束されて、逃げ出せるわけがないさ。ね？」

男性の主張に一理ありと思ったのか、それとも絨毯に染みを作られるのは困るのか、見張りは渋々ながら部屋に入り、男性の足首を縛める縄をほどこうと、彼の足元に座りこんだ。

その時、男性は縛められた両足を勢《いまし》いよく振り上げ、かがんでいた見張りのあごにつま先をめり込ませた。人体の急所のひとつであるあごに強烈な一撃を食らった見張りは叫ぶ余裕もなくあおむけに倒れ、無防備にさらされた腹部に男性は振り上げたままだった両足を叩き落とす。腹部にまともに食らい、見張りは口から泡《あわ》をふいて白目をむき、ピクリとも動かなくなった。

「はい、一丁上がり」

そう軽く言って、男性はむくりと上体を起こした。先ほどの一撃目といい、見た目以上に鍛えているのかもしれない。男性が上半身を何度か左右にひねったかと思うと、身体を縛めるロープがほどけてはらりと落ちた。信じがたい事実にアメリアが驚いている間にも、男性は足首を拘束する縄もほどいてしまった。

「これで自由っと」

両手を突きあげながら立った男性は、その場で軽く身体を動かし、無理な拘束で固まった筋肉をほぐしていく。ひと通り動かして満足すると、アメリアの縄をほどいてくれた。

「えと、ありがとう。でも、縄……どうして？」

「縄抜けくらい、貴族令息のたしなみだよ」

絶対嘘だ――と思うのに、いたずらな笑みでウインクまでされてしまい、アメリアは文句を言う気力がそがれた。彼の手を借りて立ちあがったあと、黙って顔をそらすアメリアを見て、男性は笑みをこぼした。

「本当に君は肝が据わっているね。こうなってしまったのも何かの縁だ。最後までつき合ってよ」

男性はわざとらしく申し訳なさそうな顔を作る。反省のかけらも負い目も感じられない男性の態度に、アメリアは「好きにして」とため息交じりに答えたのだった。


「で？　あなたの目的は何なの？」

監禁《かんきん》部屋から抜け出した男性がアメリアを連れて向かったのは、誰かの執務室だった。先ほどまでいた部屋や、廊下《ろうか》に並ぶ調度品《ちょうどひん》たちから比べると、ずいぶん質素な部屋で、執務机などはよほど使い古した品なのか艶《つや》もなく黒くくすみ、装飾も一切ない味気ないものだった。

「目的だなんて、そんな……僕はただ、誘拐《ゆうかい》されてここへ連れてこられただけだよ？」

そうしらばっくれながら、男性は執務机の引き出しを開けて中を物色する。

この部屋へたどり着くまで、誘拐犯たちに全《まった》く見つからなかったわけではない。何度か遭遇《そうぐう》したが、全てこの男性が沈めてしまったのだ。貴族のボンボンと思っていたが、どうやらただものではないらしい。

現にいま、アメリアの目の前で、男性は引き出しの鍵《かぎ》を針金で開けている。貴族のボンボンができる芸当ではない。

「最初から家探《やさが》しが目的で捕まったんでしょう。わざわざ、商店が忙しい夕方を狙って」

解錠《かいじょう》していた手を止め、男性がアメリアへと視線をよこす。

「よく気づいたね、ここが商店だって」

「これだけ立派な屋敷、貴族か豪商しかありえないでしょう。でも見張りに立った男はどう考えても貴族の使用人じゃなかった。となると、豪商の屋敷ってことになる。そして、見張りの言葉と遭遇した人の少なさから、この屋敷はお店を構えていて、夕方の忙しい時間だから人が極端に少ないのかな、と思っただけよ」

「ふふふっ、正解」と、男性は笑う。下がり気味の目尻がさらに下がって、妙に色っぽかった。

「ここはね、僕の商売敵《がたき》の本邸なんだ」

「商売敵っていうことは、あなたも商《あきな》いを？」

「うん。それだけじゃなくて、いろいろと手広くやっているよ。これでも、結構な成功を収めているんだ」

笑顔でさらりと言ってのけるのは、それが純然たる事実だからだろう。

「実は、ここの主人の娘さんが僕にひとめぼれしたとかで、嫁にもらえってうるさかったんだ。でも、僕にはいま気になる人がいてね、断ったんだよ。そうしたらここの主人がカンカンに怒って、商品の仕入れで使っていた港を使えないように手を回してきたんだ」

「港を使えないように？　そんなこと、一介《いっかい》の商人にできることなの？」

「それができるんだよねぇ。港を管理する領主が、ここの主人に借金をしているらしくって、強くでられると何も言えなくなるんだよ。困ったものだよねぇ」

全く困っている風に見えないと、アメリアは思った。

いくつめかの解錠に成功した男性は、引き出しを開けて書類を漁《あさ》り、「お、あったあった」と、ある冊子《さっし》を取り出した。

「それ、何の資料なの?」

「人身売買」

「はぁっ!?」と声をあげ、アメリアは慌てて口を両手でふさいだ。

「じ、人身売買って……ここの主人、そんな最低なことしていたの?」

声を絞《しぼ》って問いかけると、男性は「本当にねぇ」と据わった目で笑う。

「ここの主人は二代目なんだけどね、先代が身ひとつで豪商と呼ばれるまで頑張ったっていうのに、二代目はさらなる栄華をと欲を出して、越えてはいけない一線を越えてしまったんだ。まぁ、社会が回るうえである程度の悪は必要だと僕は考えるんだけど、その矛先《ほこさき》を向けられた以上、それなりの対処はしないとね」

書類に一通り目を通した男性は、折りたたんでコートの内ポケットにしまいこんだ。

「さて、と。目的の品も手に入れたし、逃げ出そうか……と、言いたいところだけど、無理みたいだね」

男性がそう話している間にも激しい足音が近づき、勢いよく開け放たれた扉から、数人の男たちがなだれ込んできた。

男性はすぐさまアメリアを背中に庇《かば》い、アメリアはブランを呼んで胸に抱きしめた。

「好き勝手してくれたようだな。上品なお貴族様だと思って、油断していたようだ。もう二度と逃げる気が起きないよう、ぼっこぼこにしてやる」

リーダー格らしい男がそう言って下卑《げび》た笑いを浮かべると、周りの男たちも一緒に笑い出す。

アメリアは恐ろしさのあまりブランを抱く腕に力がこもったが、自分を庇う男性はとくに焦るでもなく、ごろつきのような男たちと向き合っていた。

リーダー格の男も落ち着き払った男性の態度を不審に思ったのか、笑みをひっこめて眉《まゆ》を顰《ひそ》める。

「脅《おど》しと思っているんじゃねぇだろうな。本当に、お前をぼこぼこにするぞ」

「あぁ、うん。ちゃんと本気だって分かっているよ。でもね、僕はふたつ年上の従兄《いとこ》にはかなわないけど、そこそこ強いんだよ。ただのごろつきである君たちに負けるつもりはない」

「ふざけたこと言ってんじゃねぇぞ、丸腰のくせに！」

「うん、丸腰だね。でも、心配ない」

男たちが短剣を構えても、男性は余裕の体《てい》を崩さなかった。

男性の泰然《たいぜん》とした様子を男たちは不気味に思い、ひるみかけながらも襲いかかろうとした、その時。

男たちが男性の背後――アメリアを見て、目を見開いて動きを止めた。

どうしたのかと自分を見下ろしたアメリアは、自分の周りを、光の粒が囲っていることに気づいた。男たちの視線に気づいた男性が振り返り、アメリアを包む光を見て、男たちと同じように驚愕《きょうがく》の表情を浮かべる。

しかし、アメリアは驚くことも、おびえることもしなかった。なぜなら、アメリアは知っているから。この光が光の精霊であることを。四年前のように、行方《ゆくえ》不明となったアメリアを見つけるため、ビオレッタが光の精霊の力を借りたということを。

光はみるみる数を増し、アメリアの身体だけでなく、扉に向けてまるで光の道を作るように灯る。自分たちの足元に突然現れた光に、男たちがおびえて腰を抜かすなか、アメリアは幸せそうに笑い、それを見た男性は目を見開いた。

「アメリア――――――！」

いつもの叫び声とともに、扉が開け放たれる。いの一番に部屋へ飛び込んできたのは、やはりコンラードだった。彼は部屋の奥にたたずむアメリアを見つけるなり、進路をふさぐ男たちを投げ飛ばして傍へと駆けつける。ちなみに、アメリアを庇うように立っていた男性は、猛進してくるコンラードを見るなり、壁際へと避難していた。

「アメリア！　あぁ、無事でよかった！」

アメリアの目の前までたどり着いたコンラードは、アメリアを力いっぱい抱きしめた。

「アメリア、無事!?」

「ア、アアアアメリア〰〰〰! ひどいことされていないよね、ねっ、ねぇっ!?」

コンラードに続いて入ってきたのは、ルイスとビオレッタだった。ビオレッタに至っては、メラニーに片手を支えてもらいつつ、前後を騎士に挟まれての登場だった。

ふたりはコンラードに抱きしめられているアメリアを見て安堵《あんど》の表情を浮かべ、傍へと駆けつける。コンラードから解放されたアメリアにケガがないか確認してから、ルイスとビオレッタ、ふたり同時に抱きつかれた。

「何もなくてよかった……本当に心配したんだよ、アメリア」

「アメリア、誰にもついて行かないって、言った。約束破るの、だめ」

「……うん。ふたりとも、心配かけてごめんなさい。助けに来てくれてありがとう。コンラード様も、ありがとう」

「当たり前だろう。俺はアメリアのお兄ちゃんなんだから。お前は俺が守るって、決まってるんだよ」

コンラードはぶっきらぼうに言いながら、アメリアの頭をなでる。その手がひたすら優しくて、アメリアは泣きそうなほどにうれしかった。

「アメリア、震えてる」

「あぁ、うん……さっきまで平気だったんだけど、みんなの顔を見たら安心して……いまさら震えが出てきたみたい」

「そうだよね、怖かったよね。やっぱりあの時ひとりで手伝いになんて行かせるんじゃなかった……ごめんね、アメリア！」

「もう大丈夫。アメリアに危険、近寄らせない」

ビオレッタが抱きしめる力を強めると、一緒に抱きつくルイスはアメリアの髪に頬《ほお》を寄せた。まるで猫のように頬をぐりぐりと擦りつけるルイスに、アメリアが密かに困っていると、「お取込み中のところ、申し訳ありません」と、メラニーが全く申し訳なさそうに声をかけてきた。

「不届き者どもは拘束《こうそく》いたしました。廊下《ろうか》に転がる死屍累々《ししるいるい》たちも他の騎士たちが拘束いたしております」

「あ、私と一緒に捕まっていた男性は？」

「その方でしたら、身元引受人がいらっしゃいまして、廊下でお話ししておられます」

男性の部下とやらのことだろうか。男性との奇妙な縁もこれで切れるわけだが、最後にもう一度挨拶《あいさつ》くらいするべきだろうかと、アメリアはどうでもいいことを考えた。

「この屋敷にいるのは、アメリアを誘拐した凶悪犯たちだからな。ひとり残らず拘束して、このほかにもおこしているだろう悪事を白日《はくじつ》の下にさらしてくれ」

コンラードの指示に、メラニーは「かしこまりました」とそれはそれはいい笑顔でうなずく。

「さて、と。アメリアも無事取り返したことだし、そろそろ屋敷へ帰るか。外に馬車を待たせてある。歩けるか、アメリア？」

ビオレッタとルイスから解放されたアメリアは、コンラードの問いに「もう大丈夫だよ」と答えた。

「本当に平気なのか？　腰が抜けたり、足がふるえて力が入らない、なんてことはないか？」

「アメリア、辛《つら》かったら、無理せず言って」

相変わらず過保護なコンラードとルイスに、アメリアは笑顔で「心配ないってば」と答えた。

「私よりも、ビオレッタ様は大丈夫なの？」

誘拐される直前まで、ビオレッタは腹痛を訴えて休んでいた。ここまで歩いてきたということは、腹痛が治まったということだが、念のために確認してみる。

アメリアの斜め前に立つビオレッタは、ほんのわずかに背を丸め、お腹に両手を添えたまま動きを止めていた。

「……え？　あれ、ビオレッタ様？　もしかして、またお腹が痛くなったの？」

慌ててアメリアがビオレッタの前に回り、彼女の顔を覗《のぞ》き込んで問いかける。すると、ビオレッタは斜め下方向に視線を固定したまま、口を開いた。

「あのね、実は……今朝からずっと、時々だけどお腹が痛かったんだよ。臨月《りんげつ》だからいつものお腹の張りかなってそれほど気にしていなかったし、さっきまでアメリアが心配でお腹の痛みなんて忘れていたんだけどね……」

そこで言葉を切ったビオレッタは、ずっとうつむいていた顔を上げ、若干《じゃっかん》血の気の失せた顔でアメリアを見つめ、言った。

「陣痛《じんつう》かもしれない」

「はあああああああぁぁっ!?」

アメリア、コンラード、ルイスの三人だけでなく、メラニーや護衛の騎士さえも、盛大な叫び声をあげたのだった。


「王子殿下でございます。おめでとうございます」

助手として出産に立ち会っていた女性が、談話室で待っていたビオレッタの夫であるエミディオにそう伝え、深々と頭を下げる。瞬間、談話室は歓声に包まれた。ルビーニ家の談話室には、ルビーニ家の面々と魔術師のほかに、エミディオと彼の近衛《このえ》騎士レアンドロ、エミディオの叔父《おじ》であるベネディクトにその妻ディアナ、さらに現在妊娠《にんしん》三カ月でひどいつわりに襲われているはずのレアンドロの妻ティファファンヌまで駆けつけていた。

「そ、それで、ビオレッタは？　ビオレッタは無事か？」

皆が口々に祝福の言葉を贈るなか、エミディオはビオレッタの安否を確かめる。すると姿勢を正した女性は「ご心配には及びません。王太子妃は産後も意識をしっかりと保たれて、我が子をご覧になって笑顔を浮かべておいでです」とにこやかに答えた。やっと安心できたのか、エミディオは胸に手を当てて長い長い息を吐いた。

「ビオレッタと子供に会えるか?」

エミディオの斜め後ろに控えていたエイブラハムが問いかけると、女性は「はい」と頷《うなず》いた。

「一度に全員は無理ですが、休み休みであれば、面会できます。どうぞ、大義を成し遂げた王太子妃を褒《ほ》めてくださいませ」

エミディオたちは喜色《きしょく》を浮かべて頷き、女性の先導に従ってビオレッタの元へと向かい、ビオレッタの友人であるディアナやティファンヌもそれに続く。魔術師たちも口々によかったとつぶやきながら部屋に戻るなか、アメリアだけは後片づけのために談話室に残った。

『ねぇ、アメリア。いつになったらビオレッタのところへ行くの? 私、赤ちゃんが見たいな』

アメリアにつき合って談話室に残ったブランが、アメリアの足元を八の字に歩き回って催促《さいそく》する。しかし、アメリアは曖昧《あいまい》に笑うだけで何も答えなかった。

「あぁ、アメリア。こんなところにいたのか。後片づけは使用人に任せるよう、いつも言っているだろう」

食器をすべて集めてワゴンに載せ終わったころ、ベアトリスが声をかけてきた。いつもより少し疲れた様子で困ったように笑うベアトリスを見て、アメリアは肩をすくませた。

「使用人のみんなはこれから行われる祝いの席の準備で忙しそうだったから。ワゴンにまとめてテーブルをきれいにするだけでもしておこうかと思ったの」

「……そうか。使用人たちを気遣ってくれて、ありがとう。だがいまは、片づけよりも先にしてほしいことがあるのだ。ビオレッタがお前を待っているぞ」

「え……」と目を見開くアメリアを見て、ベアトリスは嘆息《たんそく》した。

「お前はやはり、遠慮《えんりょ》しておったのだな。お前は私たちの家族だ。大切な妹に、生まれた我が子を見てもらいたいとビオレッタが思うのは当然だろう」

「ごめんなさい」とアメリアが肩を落とすと、ベアトリスは彼女を抱きしめた。

「謝ってほしいわけではない。ただ、もっと私たちに甘えてほしいだけだ。お前が自分自身を部外者と思い、こんなところでひとりで待っているなどと、これほど悲しいことはないぞ。遠慮なんぞ無駄なことをする暇があったら、早くビオレッタのもとへ行っておくれ」

ベアトリスはアメリアと額を合わせ、願うように言葉を紡《つむ》ぎながらアメリアの髪をなでる。

『アメリアは、慎《つつし》み深いだけだもん。ね！』

アメリアの肩までよじ登ってきたブランが、アメリアの頬にすりよりながらそう言うと、額を離したベアトリスは「なるほどな。確かにそうかもしれんのう」とうなずいたのだった。

ベアトリスはああ言ってくれたものの、自分なんかが生まれたばかりの王子の顔を見に行ってもいいのだろうか、とアメリアは不安で仕方がなかった。もうすでに他のみんなは祝いの席へと移動してしまったのか、誰の姿もないビオレッタの部屋の扉の前で、アメリアは深呼吸を繰り返してから、恐る恐る扉を叩いた。

しばらくの間のあと開いた扉から、先ほど王子の誕生を知らせてくれた女性が顔を出し、アメリアを確認するなり表情を明るくさせた。

「王太子妃がお待ちですよ」

アメリアの不安を払うように、女性は扉を大きく開け放つ。促されるまま、部屋の奥へと歩いていくと、大きな天蓋《てんがい》つきのベッドに、ビオレッタが横になっていた。

「ビオレッタ、様?」

眠っているのだろうかと、アメリアが控えめに声をかけると、こちらへと振り向いたビオレッタはアメリアの顔を見て満面の笑みを浮かべた。

「アメリア！　やっと来てくれたのね」

ビオレッタが寝転がったまま片手を伸ばしたため、アメリアは急いで傍により、その手をつかむ。命がけで大業《たいぎょう》を成し遂げた疲労からか、ビオレッタの顔色はいつもより白く、まなざしも弱々しいものだったが、つないだ手は確かに温かく、彼女が生きているのだとアメリアに教えた。

「ビオレッタ様……来るのが遅くてごめんなさい。今日も、陣痛で苦しかったのに、私を助けるためにいろいろと無理をさせてごめんなさい……」

「やだ、謝る必要なんてないよ。だって、アメリアは私のかわいいかわいい妹でしょう？　妹を守るのは、お姉ちゃんの当然の役目です」

いつもと同じように笑うビオレッタを見て、アメリアはやっとまともな呼吸ができたような心地がする。他のみんなのように取り乱したり、はしゃいだりしなかったが、それでもやはり、不安でいっぱいだったのだ。むしろ外へ吐き出せないほどに、アメリアのなかで不安が膨《ふく》らんでいたのかもしれない。

「……無事に赤ちゃんが生まれてよかった。おめでとう、ビオレッタ様」

アメリアが祝いの言葉を紡ぐと、ビオレッタは、それはそれは幸せそうに微笑《ほほえ》んだ。見惚《みほ》れるほどに美しいその笑顔がなぜだかにじみだして、自分が泣いていることに気づいたアメリアは慌てて涙をぬぐった。

「泣かないで、アメリア。私の子供との初対面が泣き顔だなんて、もったいないわ。ぜひとも、笑顔で迎えてほしいの」

「うん……平気。もう泣いてない」

気合で涙を止めたアメリアは、ビオレッタが指し示す方向――ベッドの奥に置いてあるベビーベッドで眠る赤子のもとへと歩いていった。ベビーベッドはビオレッタが眠るベッドにぴったりとよせてあり、ベッドと接する部分だけ柵《さく》が下ろしてあって、他の三方を木の柵が囲っていた。

アメリアは、ビオレッタが眠るベッドと向かいの位置に回り込み、木の柵を両手でつかんで身を乗り出し、赤子を見た。

ビオレッタが産んだ子供は、きゅっと目をつむって静かに眠っていた。残念ながら瞳の色はわからないが、髪はエミディオと同じ白金色だった。見るからに柔らかそうな頬《ほお》や、固く握りしめた小さな手がかわいらしい。

「瞳の色はね、私と同じ空色だったんだ。お父さんとお母さん、それぞれから均等に受け継ぐなんて、とっても親孝行な子でしょう?」

「本当だね。この子は精霊が見えるのかな」

「それはまだわからないけど、たとえ見えなくても精霊に好かれるでしょうね。だって、あのエミディオ様の子供なんだもの」

闇の精霊は視認できないアメリアでも、エミディオの周りを飛び交う大量の光の精霊は確認している。アメリアは遠くから眺めるだけなのでなにも思わないが、間近でエミディオと対面するビオレッタはさぞかしまぶしいことだろう。

現にいまも赤子の周りを光の精霊が飛び回り、元の姿に戻ったネロが赤子の枕もとに座りこんで寝顔を見つめている。同じように猫の擬態を解いたブランも、赤子の顔の傍まで飛んでいってあの柔らかそうなほっぺをつついていた。

「はじめまして、赤ちゃん。私はアメリアだよ」

声をかけてみたが、深く眠る赤子が目を覚ますことはない。仕方がないかとアメリアが肩をすくめると、ビオレッタが「あのね……」と口を開いた。

「私、ずっと母親になる自信がなかったんだけど、でも……この子の顔を見たら、不安なんて全部消し飛んじゃった」

ビオレッタは内側からにじみだしたかのように笑みを浮かべ、我が子の手に触れる。人差し指でつつけば、赤子はその指を握りしめた。

「この子は私の子供なの。目の前で生きるこの子を私が守らなければ、この子は死んでしまうわ。それに気づいたら、もう、自信がないとか言っていられないって思ったんだ」

ビオレッタは強いまなざしでアメリアを見上げる。

「アメリアは、私に言ってくれたよね。私は誰かのために頑張れる人だって。私、この子のために精一杯頑張るよ」

そう微笑んだビオレッタは、まごうことなき、母親の顔だった。

その日の夜、ルビーニ家では子供の誕生を祝したささやかな宴《うたげ》が開かれた。ビオレッタの無事の出産を喜んでいたティファンヌが、ほっと気が抜けたとたんにひどいつわりに襲われて慌てて帰る、というハプニングはあったものの、皆が皆、新しい命の誕生を心から喜ぶ、素敵な宴だった。

そして翌日には新しい王子の誕生が国中に知らされ、光の巫女の無事の出産と新しい王族の誕生を国民たちは喜んだ。午後には赤子の乳母がルビーニ家へやってきて、なるべく子育てに関わりたいと考えるビオレッタに、乳母は難色を示すどころか快《こころよ》く受け入れてくれた。

生まれたての赤子の世話は昼夜を問わず続くため、ビオレッタや乳母は目の下にクマができるほど疲労困憊《ひろうこんぱい》していたが、あの日の宣言通り、ビオレッタは母親として我が子の世話をした。光の巫女に復帰すれば、こうやって子供の世話をすることもできないと分かっているからこそ、ビオレッタは夜中であろうと泣きわめく我が子をあやし続けていた。

七日ほど経ち、ビオレッタの産後の経過が順調だと判断されたため、ビオレッタは城へ戻ることになった。少し早すぎる気もしたが、王太子妃であるビオレッタが実家で出産していることが特例なのだ。そもそもの原因であるビオレッタの情緒《じょうちょ》が安定しているならば、なるべく早く城へ戻したいという王家側の主張は、十分理解できることだった。

来たときと同じ、漆黒《しっこく》の馬車に乗って、ビオレッタは城へと帰っていった。アメリアを含めたルビーニ家の面々は、ビオレッタの馬車が見えなくなるまで門の前で見送った。

「……帰っちゃったね」とアメリアがこぼすと、ベアトリスが「寂しくなるのう」とつぶやく。

「次はいつ会えるのかなぁ。国王様たちが羨《うらや》ましいよ」

エイブラハムが思わずこぼした本音に、ベアトリスは大いに同意した。

「我らも早く内孫が欲しいのう。いつになったらあれは身を固めてくれるのか」

ベアトリスはぼやいてコンラードとルイスをねめつける。「ううっ、ビオレッタ～……」と涙ながらに嘆《なげ》くコンラードに、ルイスが「大丈夫。会いに行けばいい」と言ってハンカチを差し出していた。

望みが薄そうなふたりを見て、ベアトリスは深いため息をついて空を仰《あお》ぐ。そんな彼女をエイブラハムは「まぁまぁ、子供を信じよう」となだめていた。

相変わらずお似合いなふたりを微笑ましく思いながら、アメリアは、胸がうずくような、締めつけられるような不思議な感覚を覚えていた。

いつかコンラードやルイスの隣に女性が立ち、それぞれに自分の家族を築いていくのだろう。当たり前のことだと思っていたのに、いざ現実味を帯びて考えたとたん、なんとも形容しがたい気持ちがこみあげてきたのだ。

不安とも喜びともつかない不可解な気持ちを持て余したアメリアは、黙って踵《きびす》を返し、屋敷へ戻ろうとした。しかし、振り返ったその先――ビオレッタが乗った馬車が進んでいった方角とは反対方向からやってきた馬車が、先ほどまで王家の馬車が停車していた位置に止まった。

わずかに金の装飾がしてある黒地のシンプルな馬車には、扉に家紋が掲げてあり、どこかの貴族が所有する馬車なのだと教えていた。

アメリアには貴族の家紋などまったくわからないが、ベアトリスやエイブラハムには見当がついたのだろう。「おや」と声を漏《も》らしているのが聞こえた。

いまだにビオレッタとの別れを惜しむコンラードとルイスが馬車の存在に気づかないうちに、御者が客車の扉を開き、ひとりの男性が降りてきた。

男性を見て、アメリアは「あ」と声を漏らした。と同時に、男性と目が合う。

「やぁ、お嬢さん。また会えてうれしいよ」

地面に降り立った男性は、胸に右手をあて、左手を横へ伸ばして頭を下げた。まるで舞台俳優のような仰々《ぎようぎよう》しいお辞儀《じぎ》だったが、すらりと背が高い彼がすると様《さま》になった。

「なんだ、エバートン。なんの知らせもなくやってきたかと思えば、すでにアメリアと会っていたのか」

男性を見たベアトリスは、腕を組んで嘆息《たんそく》する。とても気安い態度だった。

「あの、ベアトリス様。この方、お知り合いですか？」

アメリアはベアトリスに身をよせ、男性に聞こえないよう小声で問いかける。すると、ベアトリスは目を見開いて瞬いた。

「おいおいアメリア。こいつがいったい誰なのかわからずに知り合ったというのか？」

まさかそんな反応が返ってくるとは思わず、アメリアは表情をひきつらせた。

「彼女をいじめないでください。ついこの間偶然出会ったのです。ですがいろいろと慌《あわただ》しく、名乗る暇すらなかったのです」

「相変わらず落ち着きのない生活をしているんだな。そんな状態で、家庭を築くことができるのか？」

「そろそろ落ち着きたいと思っているからこそ、帰るべき家庭を築こうと思っているのですよ」

「……え？　ま、まさか、この人って……」

ふたりの会話から、男性の正体を何となく察したアメリアが恐る恐る問いかけると、男性はカスタードクリームみたいに甘い笑みを浮かべた。

「初めまして、アメリア。私の名は――」

「ああああああああああぁっ！」

名乗ろうとした男性の声を、コンラードの獣の咆哮《ほうこう》のような声がかき消した。と同時に、アメリアに誰かが突進し、巻きついてきた。

いったい何事かとアメリアが顔をあげれば、コンラードが自分を抱きしめていた。

「おいこら、エバートン！　いったい誰の許しを得てアメリアの前に現れてんだ。言っておくがな、お前なんぞに大切なアメリアを嫁に出さんぞ！　アメリアに結婚はまだまだ早い！」

アメリアを抱きしめたまま、口を挟む余地もなく怒鳴るコンラードに、目の前の男性——エバートンは大きく肩をすくませて頭を振った。

「相変わらず、コンラードはイノシシみたいに騒がしいね。せっかく名乗ろうとしていたのに、邪魔をしないでもらえるかな」

「名乗る必要なんてないから邪魔したんだろうが。お前みたいなやつにアメリアはやらん！」

「これは僕と彼女の問題だ。君がとやかく言う権利はない」

「俺はアメリアの兄だ。兄として、妹を幸せな結婚へと導く義務がある。というかそもそも、結婚なんてまだまだ認めるつもりはない！　分かったら、今日はもう帰れ！　二度とアメリアの前に現れるな！」

コンラードはそう怒鳴るなりアメリアを肩に担ぎ、驚き戸惑うアメリアの声も、危ないと制止するルイスたちの声も、まだ終わっていないと引き留めるエバートンの声もすべて無視して、屋敷のなかへと駆けだした。


「ちょ、ちょっと、コンラード様！　降ろしてってば、ねぇ！」

アメリアの必死の頼みに耳を傾けることなく、コンラードはアメリアを担いだまま屋敷の中を進んでいった。階段を上り、個人の部屋が並ぶ廊下《ろうか》を進んでとある部屋に入る。恐怖からコンラードの背中にしがみついていたアメリアは、ベッドに放り投げられたときにはじめてここが自分の部屋なのだと気づいた。

　ベッドにあおむけに沈んだアメリアは、すぐさま身を起こす。すると、ベッドの傍で仁王立《におうだ》ちするコンラードと目が合った。

「コンラード様、ひどい！　私に会うためにわざわざ来てくれたっていうのに、まともな会話ひとつできないまま追い返すなんて。ていうか、人を荷物みたいに運ぶのやめてくれる!?」

「うるさい！　いいか、アメリア、お前はまだまだ子供なんだ。結婚なんて早すぎるんだよ。よってエバートンなんかに会う必要はない！」

　エバートンに対して怒鳴ったときと同じ、全身に響くような大声でコンラードは怒鳴る。しかし、アメリアはひるまなかった。ベッドの上で膝立ちとなり、自分を見下ろすコンラードをにらみあげた。

「エイブラハム様もベアトリス様も、私の気持ちを優先するって言ってくださったわ。コンラード様が勝手に決める権利はない！」

　アメリアが反抗してくるとは思っていなかったのか、コンラードは「んなっ!?」と驚きの声を上げて目をむいた。一瞬惚《とぼ》けていたが、すぐに激しく頭を振って怒鳴り返した。

「お前にはまだ結婚は早いと言っているだろうが！　まだまだ子供のくせに、結婚なんてできるわけがないだろう！」

「子供、子供って……口を開けばそればっかり……」

アメリアはうつむき、怒りに身を震わせながらつぶやく。そして、ぎりりと歯を食いしばってコンラードをにらみつけたかと思うと、コンラードの胸倉につかみかかった。

「いい加減にしてよね！　私はもう十六歳なのよ！　ビオレッタ様が婚約したのと同じ年なの、子供扱いはやめて！」

「うわっ、アメリア、やめろ！　危ない！」

コンラードの胸倉をつかんで力任せに揺さぶるアメリアは、ベッドの上という不安定な場所で膝立ちしている。下手《へた》に振り払ってアメリアがベッドから落っこちても危ないと思ったコンラードは、されるがままになった。

「私は十二歳の子供じゃない！　あれから四年たって、十六歳になって、いつ結婚したっておかしくない歳《とし》になったんだから！」

「わ、わかった！　わかったから、落ち着けアメリア――って危ない！」

「え、わ、きゃぁ！」

コンラードの危惧《きぐ》していた通り、アメリアは足を滑らせてベッドから転げ落ちる。アメリアを守るため、コンラードは彼女の下に潜り込むように床へ転がった。

アメリアには、なにが起こったのかわからなかった。ただ、気がついたらアメリアはコンラードの身体《からだ》の上に転がっていて、視界がコンラードの顔で占《し》められていて、そして、唇に、柔

らかいものが重なっていた。

「―――――っ！」

アメリアは跳ねるように起き上がると、自分の口を両手で隠した。コンラードはあおむけの姿勢のまま、呆然《ぼうぜん》としている。ショックのあまり凍りついてしまったんだろうなと冷静に分析する反面、さっきの口づけが夢じゃなかったのだとアメリアは思い知る。

「ご、ごごご、ごめんなさあぁい！」

アメリアは謝りながらコンラードの脇を走り抜け、自分の部屋から逃げ出したのだった。

第二章　こじらせ兄弟に、ついに変化が起きたようです。

コンラードを放置して部屋を飛び出したアメリアは、全速力で廊下《ろうか》を駆け抜け、裏庭の温室に逃げこんだ。

温室には、コンラードが自らの足で集めてきた暖かい国の薬草や、寒さに弱い薬草などが栽培《さいばい》されている。薬草というと、足首ほどの大きさの草をイメージしてしまいがちだが、実際はアメリアの腰の高さまで伸びる草もあれば、蔦《つた》や樹木の葉、または幹なども含まれている。それゆえ、温室のなかは森にでも迷い込んだのかと錯覚《さっかく》してしまいそうなほど、草木で溢《あふ》れかえっていた。

人が踏みならしただけの心もとない通路を無視して、アメリアは生い茂る草木をかき分けて緑のなかへ潜り込んでいく。適当な木の根元に座り込んでしまえば、アメリアの姿は緑に覆《おお》われて誰にも見つけられないだろう。

木の根元に座りこんだアメリアは、両手で頭を抱えた。事故とはいえ、自分はなんてとんでもないことをしてしまったんだろうと、いまさら後悔が押し寄せてきたのだ。

コンラードはどう思っただろう？　妹だと思っていたアメリアと予期せずキスしてしまって、不快に思っていないだろうか。最後に見たコンラードは事実を受け止めきれずに愕然《がくぜん》としていたが、事態を飲みこんだ途端に怒りだすかもしれない。いや、もしかしたらいま現在、怒りに任せてアメリアを探しているかも……。

「あぁっ、もうやだ！　さっきの私を殴《なぐ》ってやりたい。いくら腹がたったからって、ベッドの上でつかみかからなくたっていいでしょうに！」

アメリアは両手で頭を思い切りかきむしる。ふんわりと編《あ》んだおさげがめちゃくちゃになってしまったが、そんなことを気にする余裕などなかった。

よりにもよって、なぜキスなのか。キスなんて、生まれてこの方経験などない。つまりは先ほどのコンラードとの口づけが初めてのキスなのである。

初めてのキス――アメリアと同じ年頃の少女なら誰もが夢見る、一度きりの大切な思い出。

それが、あんな怒りと勢いに任せた結果の事故だなんて！

しかし、アメリアの心を動揺《どうよう》させるのは、自分の向こう見ずな行いに対する悔恨《かいこん》だけではない。後悔しているだけなら、きっとこれほど取り乱したりしなかっただろう。

アメリアの心に起こっている、もうひとつの異変。それは、アメリアの胸が経験したことがないほどに高鳴っているのだ。ドキドキ、ドキドキと心臓が早鐘をうち、胸がぎゅっと締めつけられるような、それでいて、水の波紋のように胸から全身にかけてじわじわと何かが込み上げてくるような、不思議な感覚に包まれていた。

これが初めての口づけに対する動揺なのか、それとも、全く別の理由によるものなのか、見極めるべきなのだろうと分かりつつも、アメリアはそれをしなかった。いや、できなかった。

「これから……どんな顔をしてコンラード様と会えばいいのよ……」

アメリアにとって、いまはそちらのほうが大問題だったからだ。

アメリアとコンラードは同じ屋敷のなかで暮らしている。食事は全員集まって——というのがルビーニ家の基本方針である以上、絶対にコンラードと顔を合わせることになるだろう。屋敷から逃げ出そうにも、アメリアが外出するときは、基本的にコンラードが、それが難しい場合はルイスが同伴するというのが暗黙の了解となっているため無理だ。そもそも、アメリアにはルビーニ家以外に身を寄せる場所なんてないのだけれど。

「あぁ……どうしよう。どうやってこれからを生きればいいんだろう……」

木の根元に座りこんだまま、頭を抱えてぶつぶつと思い悩むアメリアに、ずっと近くで見守っていたブランが『大丈夫だよ！』と明るく声をかける。

『そういう時にどうすればいいのか、私、知ってる』

「え、本当？」と、アメリアがうつむけていた顔を上げて足元のブランを見れば、彼女はその場で三度ほど飛び跳ねてから、自信満々にこう言った。

『ひきこもればいいんだよ！』

いい案でしょと言わんばかりに、ブランは胸を張って鼻先をつんと上向けた。が、アメリアは凍りついたかのように動きを止めて押し黙る。

確かに、部屋にひきこもってしまえば、コンラードと顔を合わせることはないだろう。だが、それでは根本的な解決にならないし、そんなくだらない理由でひきこもっていては、世の中のほとんどの人間がひきこもりとなってしまうのではないかとアメリアは思った。

思ったが――

「よし、ひきこもろう」

アメリアはブランのアイスブルーの瞳を見つめ返し、言い切った。

ルビーニ家で過ごした四年間は、アメリアからひきこもることに対するためらいを消し去っていた。

ひきこもる際、一番の問題である食料は三食すべて部屋まで運んでくれるから心配ない。ベアトリスの仕事を手伝えないのは少々迷惑をかけるだろうが、常日頃甘えるよう言われてきたのだから、こういうときこそ甘えてみることにする。

『コンラードはアメリアの部屋どころか屋敷からもいなくなってるから、移動するならいまだよ！』

ブランの報告に「わかった」とうなずいて、アメリアは自分の部屋へと戻ったのだった。

アメリアが自分の部屋にひきこもって丸一日が過ぎ、思ったこと。

「こりゃあ、みんなひきこもるわ」

ベッドの縁に腰掛けながらしみじみつぶやくアメリアに、ベッドの真ん中で丸くなって眠るブランが『ねぇ～』と同意する。

突然ひきこもってしまったアメリアへ、ルビーニ家の人々は何も干渉してこなかった。なぜひきこもるのか理由を問い詰めることも、部屋から出そうと呼びかけることもしなかったのである。ただ黙って、部屋の外に食事を置いていく。その際、食事のほかに必要なものがあればいつでも言ってくれと伝えるだけだった。

いままでアメリア自身が食事を運んだり、必要な薬草などを持って行ったりしていたというのに、いざ自分がされる側になって、いかにこのルビーニ家がひきこもりに優しいかを実感した。

『でもアメリア、気をつけて！　ひきこもりすぎるとコンラードが連れ出しに来るよ！』

「あぁ、強制運動ね。本当、無理矢理にでも部屋から出して運動させないと、足に根っこが生えてきそう」

何日にもわたって部屋から出てこない魔術師は、無理矢理部屋から引っ張り出して運動という名の屋敷内徘徊《はいかい》を命じられる。ルビーニ家に暮らす魔術師たちには研究室兼私室がひとりひとつずつ与えられるため、ルビーニ家はそれほど位の高い貴族ではないというのに、所有する屋敷はどこよりも立派だった。屋敷の端から端まで歩く、ただそれだけで十分な運動になるほどに。

「昨日の午後からひきこもっているから……明日の昼食に食堂へ顔を出さなければコンラード様がやってきてしまうのね」

　コンラードに会うかもしれないとびくびくしながら部屋を出るくらいなら、いっそのことコンラードが迎えに来るまでひきこもっていようか。そうアメリアが考え始めたとき、部屋の扉がノックされた。

　食事の時間はとうに過ぎているし、食べ終わった食器も部屋の外へ出してある。研究すらしていない正真正銘《しょうしんしょうめい》のひきこもりであるアメリアには、食事以外に必要なものなどない。もしや、無意味なひきこもりに対しては早々に強制運動が課せられるのか、とも思ったが、コンラードならばノックなどせず扉を蹴破《けやぶ》ってくるだろう。

　浮かんでくる疑問に答えを得るためにも、アメリアは扉の向こうの人物に「はい」と返事をする。

「アメリアちゃん、あなたにお客様がお見えですよ」

　扉越しの声を聞いて、アメリアは慌てて扉を開いた。アメリアを「アメリアちゃん」と呼ぶのは、ルビーニ家の使用人たちだからだ。何度ベアトリスに注意されようとも、アメリアはついつい使用人の手伝いをしてしまい、そんなアメリアを、使用人たちは煙たがるどころか「アメリアちゃん」と呼んでかわいがってくれている。

廊下には案《あん》の定《じょう》、いつも一緒に食後の食器を片づけている年配のメイドが立っていた。彼女は部屋から顔を出したアメリアを見るなり、柔らかな笑みを浮かべた。

「よかった。ビオレッタ様が帰られた途端にひきこもってしまったから、寂しさのあまり泣き暮れているのかと心配していたのよ」

まさかそんな風に思われていたとは知らず、アメリアは「心配をかけてごめんなさい」と謝る。メイドは「いいのよ」と朗《ほが》らかに笑った。

「アメリアちゃんが元気ならいいのよ。それよりも、お客様がお待ちなのよ。すぐに出られる？」

「えっと……私にお客様って、どちら様ですか？」

自虐《じぎゃく》でもなんでもなく、アメリアに自分を訪ねて来る知り合いはいない。いぶかしむアメリアへ、年配のメイドは口元に手を添えてどこか含みのある笑みを浮かべる。

「お相手は、エバートン様よ。この間はコンラード様に妨害されてきちんとご挨拶《あいさつ》ができなかったから、今日改めてやってきたんですって」

「ええっ！　それ、コンラード様は知ってるの？」

「コンラード様なら森へ薬草を取りに行っているわ。ベアトリス様の取り計らいよ」

アメリアはなるほどなと納得しながら、きっとベアトリスのことだから、アメリアがひきこもった原因がコンラードにあることも気づいているのだろうなと思った。

さすがに、キスをしたことまでは知らないでいてほしい……が、どこにでも存在する精霊の声を聞くベアトリス相手に、隠し事なんて不可能だ。精霊は自分たちの存在がどれだけ人に影響を及ぼすのか知っているため、あまり詳しい話をしたがらないというけれど、ベアトリスとコンラードの場合、必要な情報を聞き出すために様々な対価――屋敷の外壁に蔦《つた》と苔《こけ》を生い茂らせてじめっと暗い雰囲気《ふんいき》を醸《かも》し出すとか（そのせいで魔術師は余計に遠巻きにされている）、出先で闇の精霊が欲しがったものを手に入れてきて、昼間でも真っ暗な部屋に配置するとか――を払っているらしい。もしベアトリスがアメリアとコンラードの間に起きたことを知りたがったら、闇の精霊はペラペラと話してしまうことだろう。

アメリアはあまりのいたたまれなさに、もうしばらくひきこもっていたい心境に陥《おちい》ったが、お貴族様であるエバートンをただの村娘であるアメリアが待たせるわけにはいかない。渋々部屋を出たのだった。

「こんにちは、アメリア。約束もなく押しかけてしまい、申し訳ない」

いつかの日にルビーニ家の関係者が大集合した談話室にて、エバートンは待っていた。ルビーニ家で暮らす全員が大集合できる広さを誇る談話室の、中央に置かれたソファにエバートンは腰掛けていて、アメリアが姿を現すなり彼は立ち上がり、爽《さわ》やかな笑顔とともに会釈《えしゃく》してみせた。貴族らしからん、軽い挨拶に、アメリアは面食らいながらも挨拶を返す。

「こちらこそ、お待たせして申し訳ありません。あと、昨日はわざわざお越しいただいたのに、コンラード様が失礼いたしました」

アメリアが深々と頭を下げると、エバートンは「あれぐらい、いつものことさ」と笑い飛ばした。そのさっぱりとした対応から、コンラードがいままでどれほど失礼な態度をエバートンにとってきたのかをアメリアは察した。

ただ挨拶をしただけなのに、なぜだかどっと疲れた気がして、アメリアは肩を落とす。そんなアメリアの身体《からだ》をブランがよじ登り、頭上の定位置に収まるのを見たエバートンが、興味津々《しんしん》とばかりに目を輝かせた。

「今日も白猫を連れているんだね。もしかして、この子もビオレッタのネロと同じ精霊なの？」

魔術師以外から精霊の話題が出ると思っていなかったアメリアは、驚きを見せたものの、すぐにエバートンがルビーニ家の縁者だと思いだした。幼いころからビオレッタたちとよく遊んでいたのであれば、精霊の存在にもある程度理解があるのだろう。

「この子は、ブランと言います。光の精霊です」

「光？　それって、四年前に教会が存在を認めたっていう精霊だよね？　彼らを使役《しえき》できるのは、光の巫女《みこ》だけだって聞いたけど」

光の神を信仰するアレサンドリ神国にとって、闇の精霊を敬愛する魔術師はずっと異端だった。しかし、魔術師一族の姫であるビオレッタが光の神の子孫である王家に嫁《とつ》いだことで、魔術師が光の神に帰順したということになり、闇の精霊の存在を教会は認めた。さらに、ビオレッタが光の精霊を見つけたことにより、この世界には光と闇の精霊が存在し、このふたつは奇跡の力を人々のもとへ運ぶ光の神の使者だと教会は定義したのだった。

「おっしゃる通り、ルビーニ家が使役できるのは闇の精霊だけで、光の精霊と交流できる魔術師は私だけです。私はちょっと、いろいろと事情があって……」

両親のもとで暮らしていたころ、食べ物を探しに行った森の中で、アメリアは弱りはてた光の精霊を見つけ、保護したのだ。といっても、ただ単に自分の家まで連れ帰り、友達になってほしいと願っただけなのだが。しかしその想いが、消えかかっていた精霊の存在を確固たるものに変え、いまもブランとしてアメリアの傍についてくれている。

詳しい事情をあまりべらべらと話したくないアメリアが、あえてその辺りを濁《にご》して答えると、エバートンは追及することなく「そっか」とだけ答えた。

「初めまして、ブラン。僕はエバートンだよ。この間は君たち光の精霊が僕たちを助けてくれたんだろう。ありがとう」

『あら、よくわかっているじゃない！　私がコンラードたちに事情を説明したのよ。感謝してね』

　アメリアの頭上から飛び降りたブランは、アメリアとエバートンの間に降り立ち、尻尾《しっぽ》をぴんと立てた状態でくるりと丸く歩いた。

「まだまだ子猫なのに、そんな気取った歩き方ができるなんて、ずいぶんとおしゃまさんなんだね」

　エバートンは服が汚れることもいとわずに膝をつき、ブランへ向け片手を差し出す。

『おしゃまだなんて、レディに対して失礼ね！』

　エバートンの手をじっと見つめていたブランは、ふんと顔をそらして尻尾を左右に大きく揺らした。それを見て、エバートンは苦笑いを浮かべて肩をすくめる。

「どうやら、機嫌を損《そこ》ねてしまったようだね。もしかして、おしゃまさんが気に入らなかったのかな？　確かにこの言葉は、小さな女の子に対して使う言葉だけれど、それだけ君が女性らしい仕草を身に着けているということなんだよ、リトルレディ」

『まぁ、口が上手ね。でも嫌いじゃないわ』

　ブランは差し出されたままのエバートンの手に顔を擦りつけながら前へ進み、尻尾を彼の腕に巻きつけた。ブランの機嫌が直ったと判断したエバートンが頭をなでようとしたが、ブランはするりとその手を避けてアメリアの肩へよじ登ってしまった。

『気安くレディに触っちゃダメなのよ』

「つれないなぁ……まさに猫だ」

エバートンにブランの声は聞こえないはずなのに、なぜだか会話が成立していて、アメリアはこらえきれずふきだした。両手で口を押さえ、肩を震わせるアメリアを見て、エバートンは不愉快に思うどころか、表情を明るくさせる。

「よかった。君を笑顔にできて」

思わぬ言葉にアメリアが目を丸くすると、エバートンは屈託《くったく》のない明るい笑顔を浮かべる。

「初対面があんな形だったでしょう。だから、もう君に嫌われているかなって思っていたんだ」

「はぁ……まぁ、確かに変わった出会い方でしたけど、それで嫌うほど、私はあなたのことを知りません」

アメリアの答えに、今度はエバートンが目を丸くする番だった。そして「なるほどねぇ」と眉《まゆ》を下げる。

「だったら、ちゃんと僕を知ってもらうためにも、いろんな話をしよう。そのうえで、僕との結婚を考えてくれたらいいから」

エバートンに促され、アメリアは彼と机を挟んだ位置にあるひとり掛けのソファに座った。すると、部屋の隅で静かに控えていたメイドが、アメリアの分のお茶を用意してくれた。

「改めて自己紹介をしようか。僕はエバートン・ファウベル。侯爵である父にパトロンになってもらって、交易商をやっているんだ」

エバートンの言い方だと、まるで親のお金で好き勝手しているように聞こえるが、次男である彼は父親であるファウベル侯爵から爵位や領地を継げないため、資産をいくらかもらったのだろう。貴族社会では別に珍しい話ではない。

「華々しい結果を残しているとベアトリス様から伺《うかが》っています」

「華々しい……ね。普通なら褒《ほ》め言葉なんだろうけど、叔母様《おばさま》がおっしゃったのなら、素直に喜べないな」

エバートンはバツが悪そうに笑顔をひきつらせる。褒めたはずなのになぜ、とアメリアは首を傾《かし》げた。

「交易というのは、博打《ばくち》みたいなところがあるからね。どちらの意味でも華々しい結果を残したことがあるんだよ。まぁ、勉強代ってやつだね」

あっさりと笑って言い切る様子から、その損失をなかったことにできるくらいには、利益を上げているのだろうと思う。でなければ、ベアトリスがアメリアにエバートンを紹介するはずがない。

ベアトリスがアメリアの将来を、我が事のように真剣に考えてくれていることは、遠慮《えんりょ》してばかりのアメリアでも十分理解していた。

「アメリア・ペレスです。四年前から、ルビーニ家にお世話になっている、魔術師見習いです。あの、お聞きしたいことがあるのですが……」

「どうぞ。なんでも聞いて」と、明るい表情を変えることなくエバートンは促す。気さくな態度に後押しされて、アメリアはずっと胸に秘めていた疑問を口にした。

「どうして私と結婚しようと思われたのですか？」

アメリアが生まれた村では、それなりの年頃になると両親や親戚《しんせき》が縁談を持ってきて結婚、という流れが一般的だった。だからアメリアも、いつかはベアトリスが見合い話を持ってくるんだろうと漠然《ばくぜん》と思っていた。しかし、爵位は継がないとはいえ侯爵家の次男などという、アメリアからすれば雲上人《うんじょうびと》のような相手が現れるとは思っていなかった。

「ご存じだとは思いますが、私はただの居候《いそうろう》であり、ルビーニ家の血縁者ではありません。私と結婚したところで、あなたになにか利益があるとは思えません」

『ンもう、アメリアったら、またそうやって自分を卑下《ひげ》して……アメリアは役立たずなんかじゃないってば！』

アメリアの肩で憤慨《ふんがい》するブランを、アメリアはそっと胸に抱きよせ、首の下を指でかく。ブランは『こんなことで誤魔化《ごまか》されるブランちゃんでは……ゴロゴロ』と目を細めた。

アメリアの問いと、ブランとのやりとりを静かに見守っていたエバートンは、ブランがアメリアの手によってとろけていく様を見届けてから、「そうでもないよ」と口を開いた。

「確かに君はルビーニ家の血縁者ではないけれど、叔母様が手塩にかけて育てた秘蔵《ひぞ》っ子《こ》だと聞いているよ。とっても優秀な助手だってね」

『……っは！　そ、そうだよね！　アメリアは優秀な助手なんだよ、もっと言ってあげて！』

エバートンの言葉で我に返ったブランは、アメリアの魅惑《みわく》のマッサージから何とか逃れ、ふたりの間を隔《へだ》てるローテーブルの上で、二、三度飛び跳ねた。

「僕はルビーニ家の薬も取り扱っているんだ。ルビーニ家の薬は高値で売れるからね。僕としては、叔母様が我が子同然にかわいがる君を妻にすることで、ルビーニ家との結びつきを強くしたいんだよ」

『エバートンったら、よくわかってるじゃない。ベアトリスどころか、魔術師や使用人を含めたルビーニ家全員がアメリアを大切に思って――ふがっ……』

やたらとアメリアを褒めたがるブランの困った口を、アメリアは片手でふさいだ。抵抗するブランをアメリアは無理矢理膝の上に載せて全身全霊をかけてなでくり回し、アメリアの神がかった手練手管《てれんてくだ》に翻弄《ほんろう》されたブランは息も絶え絶えな状態でぐったりと寝そべってしまった。

ブランを黙らせたところで、アメリアがほっと一息ついてからエバートンへと向き直ると、彼は自分たちから顔をそらして口元を押さえ、肩を震わせていた。どうやら、必死なアメリアを邪魔しては悪いと思い、声をあげて笑うのをこらえていたらしい。アメリアと目が合うなり、彼は姿勢を正して大きく息を吐きだした。

「残念ながら、僕には精霊の声は聞こえないけれど、その子が君を大切に思っていることはよく伝わってくるよ。あと、君が今の状況に、少し負い目を感じているのもね」

負い目という単語に、アメリアは戸惑いを覚える。確かに、いまの状況はアメリアの手に余るほど恵まれていると思っていたが、それを負担に感じていたかというと、違う気がする。

負い目に感じていいほど、アメリアは立派な人間ではない。ただ、不釣り合いで申し訳ないなと思うだけだ。

「ルビーニ家の役に立ちたいと思っている君にとっても、僕との縁談は悪くない話だと思うよ。叔母様がファウベル家の縁者だというのは知っているよね」

「現侯爵はお兄様だと聞いています」

「そう。それでね、ルビーニ家に入ってからも、叔母様はファウベル家が持つ人脈を使っているんだ。例えば、好き放題に歩き回るコンラードのフォローとか」

アメリアは納得した。コンラードはまさに風のように世界中を歩きまわる。それは新しい薬草を見つけるためという、家族思いの彼らしい理由での旅なのだが、ベアトリスはコンラードの行く先々で、何かがあった場合の手はずを整えていた。つまり、アレサンドリ神国内の貴族だけでなく、他国の貴族または王族と、個人的に連絡を取れる手段を擁《よう》していることだ。

研究一筋で政治にかかわらないルビーニ家のどこにそんな人脈があるのかと、常々疑問に思っていたが、やっと謎が解けた。資産の一部で交易商を展開してしまえるほどの資産と権力を、闇の精霊から様々な情報を得ているベアトリスがある程度使えるならば、たいていのことは解決してしまえるだろう。

「ルビーニ家とファウベル家は互いに支え合うような関係だ。そこへ新しい結びつきができることは、歓迎されることだと思うけれど？」

まさにおっしゃる通りだったので、アメリアは何も言えなかった。ここで理解を示せば、それはそのまま結婚の承諾《しょうだく》になってしまいそうな気がして、ただ黙ってエバートンの暗灰色《あんかいしょく》の瞳を見つめ返した。

しばし無言で見つめ合ったあと、エバートンがふっと声を漏《も》らして笑った。

「さすが叔母様のお気に入り。簡単には丸め込まれてくれないね。まぁ、結婚なんていう人生の一大事を今日この場で決めてくれ、なんて非道なことは言わないから、ゆっくり考えてみてくれないかな。僕のことも、これから知ってくれればいいし」

本来であれば、当事者であろうとただの村娘でしかないアメリアに今回の縁談に関してとやかく言う権利はないだろう。それなのに、ルビーニ家の面々にしても、目の前のエバートンにしても、アメリアの意思を尊重しようとしてくれている。つくづく、自分が恵まれた環境にいるんだなと実感したアメリアは、後日、もう一度エバートンと会う約束をしたのだった。

『あ、コンラードだ。お帰り〜』

ルビーニ家の屋敷を辞するエバートンを見送るため、門前まで出てきたアメリアは、コンラードと出くわした。アメリアの頭上から声をかけるブランに「おう、帰ったぞ」と返したコンラードは、ブーツを泥で汚し、膨《ふく》らんだ麻の袋を肩から斜めに提げ、ブーツと同じように土で汚れた両手のうち左手には青々とした葉を茂らせた枝をつかんでいる。ひきこもってまで顔を合わせたくなかったコンラードと、なんの覚悟も対策もなく出くわしてしまい、アメリアはぎくりと身をこわばらせたものの、コンラードが右手に息絶えたイノシシを抱えているのを確認した途端、一気に力が抜けてしまった。

あぁ、また素手で狩ってきたんだな、とアメリアが静かに思うなか、馬車に乗り込もうとしていたエバートンが「おや」と足を止める。

「いまお帰りかい、コンラード。薬草を取りに行ったと聞いていたのに、イノシシまでとってくるだなんて、相変わらず君は規格外だよねぇ」

驚くでもなく、むしろ呆《あき》れ気味にエバートンが指摘すると、コンラードは眉間《みけん》にしわを寄せて「うるせぇ」と低く吠《ほ》えた。

「帰ろうとしていたところへ、こいつが突進してきたんだ。俺はただ身を守っただけだ」

身を守った結果息絶えてしまったイノシシを、じゃあ食べるか、と持ち帰ってくるところがコンラードだなとアメリアは思う。きっと旅の最中もこんな感じで獣を狩って食べていたのだろう。目に浮かんだ。

「それよりも、お前こそここへ何の用があってきたんだ」

「何の用って、アメリアに会いに来たんだよ。前回は君に妨害されてしまったからね」

コンラードの眉間のしわがさらに深く大きくなり、また怒鳴るんだろうかとアメリアが身構えるなか、コンラードは「……そうか」と答えた。

「アメリアの意思を尊重してくれよ。無理強《じ》いしたら、ただではおかないからな」

以前と真逆ともいえるコンラードの反応に、エバートンは目を瞠《みは》った。

「これはまた、どうしたんだい、コンラード。てっきりまた認めないと叫ぶかと思ったのに。何か悪いものでも食べたのか？　いくら植物に詳しいからって、へたに野生のキノコを食べると危ないんだよ。見間違えなんていうこともあるからね」

『ええ～、コンラードったら、拾い食いしたの？』

「んなわけねえだろ！　お前たちは、俺をいったいなんだと思っているんだ。そんな怪しいキノコを拾って食べるくらいなら、俺はこれを食う」

そう言って、コンラードは右手に抱えるイノシシへと視線を流した。コンラードらしい答えに、アメリアはただただ脱力した。

「……そう。君に妨害する気がないのはこちらとしてもありがたい話だから、もう追及しないでおくよ。アメリアのことはきちんと大切にするよ。無理強いだってしない。これから僕のことを知ってもらって、彼女が僕との未来を考えられると思ったら、その時改めて結婚を申し込むつもりだ」

結婚、という言葉に、アメリアの胸がわずかにざわつく。先ほどまではなかった変化にアメリアは驚きつつも、コンラードをうかがってみれば、彼はただ「そうか」と答えるだけだった。

ただそれだけなのに、アメリアは目の前が真っ暗になるような錯覚《さっかく》を覚える。

エバートンはコンラードをじっと観察していたが、やがて「まぁいいや」と肩をすくめて馬車へ乗り込もうとする。それを、コンラードが止めた。

「土産《みやげ》だ。持って行け」

そう言って、コンラードはイノシシを差し出した。もらったって困るだろうと、アメリアはコンラードを止めようとしたが、それより早くエバートンはイノシシを受け取ってしまった。

「久しぶりにイノシシ肉が食べられるね。いつもありがとう、コンラード」

エバートンは嫌がるどころか笑顔で感謝の言葉を述べた。彼の上半身くらいの大きさを誇るイノシシを両腕で抱える姿は、明らかに手慣れた様子だった。

息絶えたイノシシとともに馬車へ乗り込んでいったエバートンを、アメリアはコンラードとふたりで見送ってから、言った。

「コンラード様、もしかして、いままでにも何度かエバートン様にイノシシを渡したことが？」

「おう、あるぞ。森からの帰り道にファウベル家の屋敷があるからな。連日でイノシシが現れたときなんかに持って行っている。クマのときは肉だけ分けたりとか。あいつの家は男ばっかりでよく狩りもするから、肉をさばくための道具が――」

「わかった。もう何も言わなくていい」

あまり聞きたくない内容まで話し出しそうだったため、アメリアはコンラードの言葉を切った。

連日現れたからとか、そんな理由で親戚《しんせき》とはいえ他人様《ひとさま》の家に獣を置いていくなよ、などいろいろと言いたいことはあるのだが、受け取る側であるエバートンがうれしそうだったため、アメリアはあえて口を閉ざした。いくら狩猟が貴族のたしなみのひとつとはいえ、普通、あんなふうに獣を自ら抱えて運んだりしないだろう。あぁ、やはりエバートンはコンラードの血縁者なんだな、と実感したアメリアだった。

その日の夜、夕食をとるためにアメリアが食堂へ姿を現すと、すでに食堂にいたベアトリスが声をかけた。

「やっと部屋から出てきたか、アメリア。お前がひきこもるなんて初めてだったからな。少し心配しておったぞ。出てこられたのは、やはりエバートンのおかげかのう」

確かにその通りだったので、アメリアは「そう……ですね」とぎこちなく笑った。そして、定位置であるベアトリスの隣の席に腰掛ける。使用人が料理を運んでくるのを待っていると、ルイスとコンラードが食堂へ入ってきた。とくに反応を示さず席に着いたコンラードと違い、ルイスはアメリアの顔を見るなり喜色《きしょく》の表情を浮かべた。

「アメリア、よかった。出てきた」

「心配をかけてごめんなさい、ルイス様」

「心配した。でも、元気そうだから、もういい」

ほっと息をつくように微笑《ほほえ》んで、ルイスはアメリアの向かいの席に座る。ほどなくしてエイブラハムも姿を現し、全員がそろったところで夕食が始まった。

「ところでアメリア。今日、エバートンと話をしてみて、どうだったのだ？」

聞かれるだろうとは思っていたが、いざ食事を始めようというタイミングで突っ込まれると思っていなかったアメリアは、思わず手に持ったスプーンを落っことしそうになり、なんとかこらえた。

「お前が気に入らないのであれば、断って構わないからな。もし直接言いにくいのであれば、私から話をつけてやろう。遠慮《えんりょ》なく言えばいい」

アメリアの動揺《どうよう》を、嫌がっているととったのか、ベアトリスが心配そうに詰め寄ってくる。それを、コンラードがたしなめた。

「母様、今日会ったばかりで決められるわけがないだろう。もう少し時間を与えてやってくれ」

まさかコンラードがそんなことを言い出すだなんて、アメリア以外の全員が思っていなかったのだろう、常に和《なご》やかな賑《にぎ》わいに包まれている食堂が、しんと静まり返る。突然静かになったので、コンラードが何事かとあたりをうかがっていると、ベアトリスが沈黙を破った。

「コンラード、お前……いったいどういう風の吹きまわしだ。もしや、森で何かおかしなものでも食べたのか？　いくら腹が減ったからといって、生肉を食べてはならんのだぞ」

「どうして俺が生肉を食うんだよ！　火くらいすぐにおこせるっつの！」

おこせちゃうんだ、とアメリアは思ったが、それくらいできなければ薬草探しの旅なんてできないんだろうな、と遠い目になった。

「体調不良じゃない。おかしい。昨日までコンラード、猛反対だった」

「そうだぞ、昨日の今日で、どうして考えが変わるのだ」

普段あまり追及しないルイスにまで問いかけられ、コンラードは「それは……」と一瞬言葉に詰まり、ちらりとアメリアを見てすぐに視線をそらした。

「アメリアはもう十六歳だ。ビオレッタだって十六歳で王太子と婚約しただろう。だから、アメリアだって結婚してもおかしくないって思ったんだよ」

「確かに、その通り。だけど……」と、ルイスは苦虫《にがむし》をかみつぶしたような顔をしてうなった。

「とにかく！　俺はアメリアの意思を尊重するって決めたんだ。アメリアがエバートンと結婚すると決めたなら、俺に異存はない！」

コンラードがどこか投げやりに宣言するのを聞いて、なぜだか、アメリアは胸が締めつけられるように痛んだ。なぜそんな風に痛むのか分からなくて、アメリアは自分を誤魔化《ごまか》すようにスープを口にする。ひんやりと冷たいパンプキンスープは、暑いいまの時期にぴったりなはずなのに、アメリアは凍えるような心地がして、それ以上口へ運べなくなった。

スープを見つめたまま動きを止めたアメリアに気づいたルイスが、「アメリア？」と声をかける。

「アメリア、食欲ない？」

「う、ううん、そんなことないよ。ただ、ちょっと……エバートン様との結婚について考えていただけ」

「焦って決める必要、ない。アメリアが幸せになること、それが一番大事。だから、ゆっくり決めればいい」

「ゆっくり……そっか、ありがとう。また会う約束もしているし、もっとちゃんとエバートン様のことを知ってから決めることにするよ」

アメリアがそう答えると、ルイスは「うん、それがいい」と笑った。包み込むような優しいルイスの笑顔を見てから、アメリアはもう一度スープを口にする。先ほどまでの寒さが嘘のように、塩気の後にほんのりと広がる甘さが、アメリアの凍った心をほぐした。

「つかぬことをお伺《うかが》いしますが、コンラード様と、なにかありましたか？」

出入りの商人が薬草を納めに来たため、薬草保管庫へ作業の手伝いにやってきたアメリアへ、婿殿《むこどの》は言った。

突然の問いにアメリアが目を瞬かせると、婿殿は首を傾《かし》げてアメリアの背後を見る。

「いやぁ、さっきから薬草保管庫の入り口で、コンラード様がちらちらと顔を覗《のぞ》かせているので……普段なら、私とアメリアさんが話しているのを見るなり、突進してくるでしょう？　なにか悪いものでも食べたのかなと」

ことごとく、様子がおかしい――すなわちお腹の調子が悪いと思われるコンラードにちょっと同情しながら、アメリアは「いつも通り元気ですよ」と答えた。

「ただ、なんというか……妹離れ中なんです」

「あのコンラード様が!?」

「はい。私がもう嫁に行ってもおかしくない歳《とし》だと実感したみたいです」

アメリアがキスしたから、とは口が裂けても言えない。が、たぶんそうなのだろう。ビオレッタと同じように、いつ自分の手を離れてもおかしくないと思ったからこそ、アメリアがエバートンと会うことに反対しなくなったのだ。決して、アメリアを妹ではなくひとりの女の子なんだと認識したわけではない。

そう考えると、なぜだかもやもやし始める心をアメリアが持て余していると、その様子を見つめていた婿殿が「アメリアさん、ちょっとちょっと」と手招きした。アメリアが視線を向けると、彼が自分の口元に手を添えたため、耳打ちがしたいのだと理解したアメリアは彼へと身を寄せ――ようとして、背後から伸びてきた腕にからめとられた。

「おいお前、俺が割り込んでこないとわかるなりアメリアを口説《くど》こうとするんじゃねぇ！　全く、油断も隙《すき》もあったものじゃない」

「いや、割り込んでるから。結局いつもと変わってないから」

アメリアが容赦《ようしゃ》なく突っ込むと、コンラードは「うるさい」と口をへの字にした。

「簡単に男を近づかせるアメリアが悪い。あぁ、心配だ。エバートンに対しても無防備に近づいたりしていないだろうな。やっぱり俺も一緒にいた方が……」

アメリアを腕の中に閉じ込めたまま、心配だと繰り返すコンラードへ、アメリアは「ビオレッタ様といいルイス様といい、ルビーニ家の兄妹はみんな妄想力が高すぎると思う」とぼやいたのだった。

エバートンとの約束の日はあっという間にやってきた。やはりと言うべきか、妙な妄想にとらわれたコンラードがついてくると言い張っていたが、「ついて来たら本気で嫌いになる」とアメリアが宣告した結果、拳を震わせながら見送ってくれた。

ただ、精霊たちに逐一《ちくいち》報告と万が一の護衛を命じたため、いま現在、アメリアの周りには普段の二倍の数の光の精霊が漂っている。アメリアには見えないが、もし闇の精霊も同じくらいいたとしたら、ふたつの精霊を視認できるビオレッタにはアメリアの姿が確認できないほど精霊でごった返しているのだろう。

アメリアがくだらないことをつらつらと考えている間にも、侯爵家の家紋を掲げた馬車がルビーニ家の門前に止まる。馬車から降りたエバートンは、アメリアと相まみえるなり、目を丸くした。

「驚いた……ローブを脱ぐと、ずいぶん雰囲気《ふんいき》が変わるんだね。コンラードたちが過保護にする気持ちがわかったよ」

今日のアメリアはいつもの薄紫のローブを脱ぎ、爽《さわ》やかな空色のワンピースを纏《まと》っている。刺繍《ししゅう》やレースなどの飾りのないシンプルな服だが、上等な生地を使っているためそれだけで様《さま》になった。ふんわりと編《あ》み込んだふたつおさげが胸元で揺れる様子は愛らしく、丸い茶色の瞳は小動物のようだった。

エバートンの称賛をただのお世辞《せじ》と受け取ったアメリアは、「はぁ……ありがとうございます」とおざなりに答える。それを見て、エバートンは片眉《かたまゆ》を持ち上げた。

「その様子だと、僕の言ったことを信じていないね。どうしてだい？」

「普段、ビオレッタ様のような見目麗《みめうるわ》しい方々に囲まれているので。自分がいかに平凡であるか、自覚しているだけです」

「いやいや、わかっていないよ。たいていの男はね、ビオレッタのような高嶺《たかね》の花より、君のような草原の花を好むものなんだ」

「それって、手に入りやすいってことですか？」

「違うよ。全然わかっていないんだね、君は。男というものは、伴侶《はんりょ》となる女性には癒《いや》しを求めるんだよ。無理をして山に登り、高嶺の花を手に入れたとして、そこにずっと暮らすことはできないだろう？　だからといって、山を降りるのだって一苦労だよ」

「全く意味がわかりません」

「うん、つまり、君みたいな癒し系は、男が描く結婚相手の理想像ってこ――いだぁっ！」

ひとりで熱く語るエバートンの足首に、ブランが噛《か》みつく。

『男の事情なんてどうでもいいのよ！　余計なことをごちゃごちゃ言っていないで、かわいいねって褒《ほ》めればいいの』

「ブラン！　こら、離れなさい！」

アメリアが慌ててブランを捕まえ、胸に抱きかかえる。そして、エバートンへ深々と頭を下げた。

「申し訳ありません！」

「大丈夫だよ。不意をつかれたから大きな声が出ちゃったけど、実際は甘噛み程度だったから。あと、たぶんだけど、僕が悪かったんだよね」

エバートンが頭をかきながら首を傾げると、ブランは『あら、わかればいいのよ』と言ってつんと澄まし、尻尾《しっぽ》を大きく左右に揺らした。あまりに不遜《ふそん》なブランの態度に、アメリアは焦りを覚えるが、エバートンは不快に思うどころか「機嫌を直していただけたようで、何よりだね」と気さくに笑った。

「さて、じゃあ、いつまでも立ち話をしていないで、行こうか」

差し出されたエバートンの手を取り、アメリアは彼の馬車に乗り込む。ファウベル侯爵家の家紋を扉に掲げるエバートンの馬車は、ファウベル侯爵家の名に恥じぬ豪奢《ごうしゃ》な馬車だった。ふかふかの座席は衝撃を吸収してくれるためとても座り心地がいいし、座席を包むビロードの生地は緊張するアメリアの心をとろけさせるほど滑らかな手触りだった。ワインレッドの座席に対し、壁は穏やかなクリーム色で、豪華でありながら、乗る者の心を安らげるような不思議な空間だった。

気を抜くと眠りに落ちてしまいそうな気がして、アメリアはエバートンへ問いかける。

「どこへ行くんですか？」

「最初は観劇にでも行こうかと思っていたんだけど、僕の仕事場兼屋敷の方が君は楽しめるかな、と思って」

「え、エバートンさんの屋敷へ向かっているんですか？」

「うん。交易で手に入れた珍しいものがいくつもあるんだ」

交易で手に入れた珍しいものに、アメリアは非常に興味をそそられた。しかし、年頃の娘が、結婚を申し込んでいる男の屋敷へほいほいとついて行くのはいかがなものだろう。

アメリアの表情から察したのか、エバートンは「安心して」と笑みを浮かべる。

「君の名誉を傷つけるようなことはしないから。言ったよね、僕は君を大切にするって。だから、無理強《じ》いなんて絶対しない」

アメリアが答えあぐねていると、彼女の膝のうえで丸まっていたブランが『大丈夫だよ』と声をかける。

『エバートンが少しでもおかしな素振りを見せたら、私たちがあいつの目をつぶしてやるから』

アメリアがブランから視線を外してあたりを見渡すと、光の精霊たちがアメリアの周りに集まり、大丈夫だよと言わんばかりに大きくうなずいていた。光の精霊が本気で光り輝けば、人間の視力など簡単に奪えることだろう。少々物騒な話に聞こえるが、精霊は様々なことを知っている。彼らにとって、エバートンは信用するに値する人間ということだ。

「その、うかがわせてもらいます」と、アメリアがおずおずとながら了承すると、エバートンは「本当!?」と表情を明るくさせた。

「よかった。帰るって言われたらどうしようかと思ってたんだ。絶対絶対、楽しませるから、期待してね」

屈託《くったく》なく笑うエバートンを見て、アメリアは、本当に貴族らしくない人だなぁと思ったのだった。


エバートンの屋敷は、貴族街の端、城へと通じる大通りにほど近い場所にあった。ルビーニ家の屋敷のようなだだっ広さはないものの、そこらの貴族よりもずっとずっと立派な屋敷だった。なにより、庭が広い。門から屋敷まで伸びる石畳《いしだたみ》の道は幅広く、馬車が三台並べるほどだ。

「キャラバン隊が出入りするからね。何台もの馬車が行き来できるよう、通路や広場は広く造ったんだ。そのぶん、屋敷はこぢんまりとしてしまったけどね」

興味津々《しんしん》で窓から景色を見るアメリアに、エバートンが説明してくれる。

高い塀《へい》に囲われ、さらに門から続く石畳の道は背の高い樹木で覆《おお》われているため、外からは屋敷ぐらいしか見えなかったが、いざ屋敷の正面まで来てみると、前庭となる広場には幌馬車《ほろばしゃ》が所狭しと並んでいた。塀沿いに厩《うまや》が並び、広場には幌馬車ばかりでバラ園などといった鑑賞物はない。唯一、噴水が広場の手前中央にあるが、それは観賞用というより、馬の飲み水用といった方がしっくりくる代物《しろもの》だった。

塀の外から見ればただの貴族の屋敷にしか見えなかったのに、内側からの光景は、貴族の屋敷ではなく交易商の拠点といった風だった。合理性だけを求めて装飾を最大限に省《はぶ》く。実にエバートンらしい、斬新《ざんしん》でかつ無駄のない屋敷である。

「キャラバン隊が到着したところなんですか？」

幌馬車の周りでは、たくさんの人が荷物を降ろしている。アメリアの問いに、エバートンは「そうだよ」と答えた。

「覚えているかな。この間、一緒に誘拐《ゆうかい》されたときに、港を封鎖されたって話をしたよね。あれ、無事に使えるようになったんだよ。おかげで、僕のキャラバン隊が帰ってこられたんだ」

それはもう爽やかな笑顔で言ってのけているが、それはつまり、あの時盗んだ人身売買に関する資料を使って、商売敵《がたき》である商人をつぶした、もしくは逆らえないようにしたということなのだろう。交易で利益をあげているだけあり、エバートンという人物は底が知れない。

「キャラバン隊がいろいろと持ち帰ってくれたから、いま、この屋敷には珍しいものであふれているんだ。せっかくだから、君に見せようと思って」

「でも、売り物なんでしょう？　私が見ても大丈夫なんですか？」

「大丈夫。隠さなきゃならないようなやましいものは取り扱っていないから。それに、僕がいったいどんな取引をしているのか、君にはきちんと知ってもらいたいんだ」

これは、エバートンなりの誠意なのだろう。そう理解したアメリアは、素直に「ありがとうございます」と感謝したのだった。


エバートンに案内されて幌馬車の迷路に飛び込んだアメリアは、様々なものを目にした。色鮮やかな羽を持ち、人の言葉を話す鳥や、溶けて消えるのではと思うほどつややかな手触りの絹に、城へ献上する香辛料《こうしんりょう》など、多種多様な品を取り扱っていた。

薬草の仕入れ値や流通に関して勉強してきたアメリアにとって、エバートンの話はとても興味深かった。彼はキャラバン隊に交じって自ら諸外国を回り、商品を吟味《ぎんみ》するらしく、ひとつひとつの品がどんな国のどんな場所で作られたものなのか、詳細に説明してくれた。

「エバートンさんはすごいですね。私なんて、薬草に関する知識だけでいっぱいいっぱいです」

「そんなことないよ。僕は広く浅く知識を有しているだけなんだ。薬草に限った話ではないけれど、なにかひとつの道を究《きわ》めるというのは、たゆまぬ努力とすさまじい忍耐力を持ち合わせていないと難しいんだ。僕にはそれがなくてね。だから、こんな交易商なんて商売をやっているんだよ」

広く浅くだとしても、それほどの知識を手に入れるには、なみたいていの努力や忍耐では不可能だろう。それは、ひとつの道を究める者と変わらない。ただ、広いか深いかの違いだけだ。

「エバートンさんは、努力家なんですね」

アメリアがそう感心すると、エバートンは目を瞬かせる。

「君にそう言ってもらえると、すごく、うれしいな。ありがとう」

頬《ほお》を淡く染めて、エバートンは笑った。


一通り幌馬車を回ってから、アメリアはエバートンの屋敷でお茶をいただくことになった。案内されたのは美術品がいくつも並ぶ部屋で、促されるまま椅子《いす》に腰かけたアメリアは、テーブルの中央に飾ってある木製の工芸品を見て、目を見開いた。

「あれ？　もしかして、これが気になるのかな。これは国境近くの山の――」

「知っています。だって、それは、私の故郷の村で作っていたものだから」

丸いテーブルの中央に飾られているのは、手のひらほどの大きさの、木彫りの鹿だった。小鹿と寄り添う母鹿と、ふたりを守るように堂々と立つオスの鹿。木を彫っただけの武骨な品ながら、まるで森の中から引っ張り出してきたかのような躍動感があった。

「へぇ……ずいぶんと遠い村からやってきたんだね。ご両親は元気かい？」

この四年間、両親と全く連絡を取りあっていないアメリアは、ただ黙ってうなずいた。

「ご両親に会いに行かないの？」

「会いに行くには……少し遠いですね」

作り笑いを浮かべながら、アメリアは答える。

アメリアの正直な気持ちとしては、いつかまた、両親に会いたいと思っている。だが、それはいまじゃない。少なくとも、いまはまだ、両親に会うのが怖いと思う自分がいる。

木彫りの鹿を見つめて、アメリアは悲しく笑う。この木彫りの鹿のように、両親がアメリアを庇護《ひご》してくれたのなら、アメリアはいまごろ、ここにはいなかっただろう。

もしもの世界を思い描いていたら、ずっとおとなしくアメリアの肩に乗っていたブランがテーブルに降り、鹿を隠すような位置に座りこんだ。

『私は、アメリアに会えてよかったと思ってるよ。アメリアに会えなければ、私は消えていただろうから』

その言葉で、気づく。もし両親が自分を見捨てていなければ、アメリアは森でブランと出会えなかっただろう。

「私も、ブランに会えてよかったよ」

アメリアは優しい笑みを浮かべて、ブランの頭をなでる。その手に、ブランは鼻先をすり寄せた。

「ねえ、君は、叔母様《おばさま》とエイブラハム叔父様《おじさま》の馴《な》れ初《そ》めを知っているかい？」

先ほどまでの会話の流れを断ち切るようなエバートンの話題に、彼の存在を忘れかかっていたアメリアははっと顔を上げる。目が合ったエバートンは、おどけるように小首を傾《かし》げてみせた。

両親のことを思いだして沈むアメリアを気遣い、わざと話題をそらしてくれたのだと気づいたアメリアは、素直に首を左右に振った。すると、エバートンは黒真珠《くろしんじゅ》のような瞳を輝かせて話し始めた。

「君と同じ年頃のころ、叔母様は『社交界の薔薇《ばら》』と呼ばれていてね、誰が叔母様を妻にするのか、いつも話題になっていたそうだよ。実際、叔母様のもとにたくさんの縁談話が届いていたらしい」

三人の子供を育てあげたいまでも、ベアトリスは美しいとアメリアは思う。きっとアメリアと同じ年頃の時には、ビオレッタのように心を奪われた男たちが群がったのではないだろうか。

ただ、彼女の場合、襲いかかる男たちを容赦《ようしゃ》なく叩き潰していそうではある。いや、息子のコンラードのように力でものを言わせるような芸当はできないだろうが、なにかしらの対抗手段はとっていただろう。しかも相手の心をへし折るような、えげつない手段を。

「そんな引く手あまたの状態で、どうしてエイブラハム様と結婚したんですか？　たしか、エイブラハム様って、社交なんてしていませんよね？」

アメリアが知る限り、エイブラハムは研究一筋の人だ。コンラードの父とは思えないほどのんびり穏やかな人であるが、薬師《くすし》としては優秀で、あのルイスでさえ行き詰まるとエイブラハムに相談するそうだ。

「詳しい話は分からないけれど、叔母様曰《いわ》く、精霊が引き合わせたらしいよ。叔母様は、幼いころから不思議な声を聞く人だったから。エイブラハム叔父様と出会って、声の正体が精霊だと知って、きっと、叔母様の中でものすごい衝撃が走ったんだと思う。まぁ、社交界にも激震が走ったんだけどね」

「みんながベアトリス様を手に入れようと躍起《やっき》になり、互いにけん制し合っていたところへ、どこからともなく現れた男にかっさらわれたんですものね。そりゃ驚くわ」

『しかもエイブラハム、すっごい地味だもんね！　ベアトリスを狙っていた男たちが歯嚙《はが》みしていそう』

「エイブラハム叔父様が魔術師だったものだから、きっと惚《ほ》れ薬を飲ませたんだって噂《うわさ》が流れたそうだよ」

「エイブラハム様に限って、惚れ薬なんてないない」

アメリアは手を大きく振って否定する。

エイブラハムから薬の調合について学んでいた時、惚れ薬は作れるのか、という話題になったことがある。その時、エイブラハムは心底不思議そうに言ったのだ。「好きなら好きと言えばいいじゃないか」と。その時アメリアは、この夫婦はどれだけラブラブなんだと、聞いている方がこそばゆくなった。

「本当にね。僕の見解では、叔母様の方が先に恋したように思うんだ」

「そうですね。私もその意見に賛成です」

エイブラハムの意見は、振られたらどうしよう、という当たり前の恐怖心がないからこそ口にできることだった。つまり、好きと言えば、相手からも好きが返ってくる。そういう状況しか経験していないということだ。

きっと闇の精霊という共通点からベアトリスがエイブラハムに興味を持ち、そのままベアトリスが飲みこむ勢いでエイブラハムを手に入れてしまったんだろうな、とアメリアは視線を彼方へ投げた。

ベアトリスとエイブラハムの馴《な》れ初《そ》め話から、話題はルビーニ家の人々へと移っていった。エバートンは男ばかりの三兄弟で、よくルビーニ家へ遊びに来ていたらしい。

「兄さんは僕より五つ上でね、一緒に遊ばずに、よく叔母様のところへ向かっていたな。僕と弟はコンラードたちと遊んでいたんだ」

コンラードはいまも昔も変わらず考えるよりも先に動く子供で、何度となくケガをしてベアトリスを呆《あき》れさせたという。また、エバートンと決闘ごっこをしてよく遊んだそうだ。

「コンラードには一度も勝ったことがないんだよね。ふたつ年上だっていうこともあるけど、彼はやっぱり規格外だよ」

どこか苦々しく笑う姿は、けれど悔しさは感じさせなかった。コンラードには敵《かな》わないんだと認めたうえで、それでもかまわないと思えるなにかを、エバートンは見つけているのだろう。ルイスは昔から薬草マニアで、常に薬草図鑑を片手に持っていたそうだ。コンラードとエバートンが中庭で決闘ごっこをしている間、ルイスは薬草辞典を開いてどれがどの薬草なのかを調べていたらしい。それに、エバートンの弟が加わっていたというのだから驚きだ。

「弟はいつか絶対、ルビーニ家に弟子入りするだろうと思っていたけど、まさか医師を志《こころざ》すとは思わなかったな」

エバートンの弟は医師を目指すと言って、アレサンドリから出ていってしまったそうだ。諸外国それぞれの医療技術を勉強しているとのことだが、コンラードといい、エバートンといい、その弟といい、ベアトリスの血縁者はやけに行動的な人が多いんだなと、アメリアは呆《あき》れた。

ビオレッタは従兄弟《いとこ》の中で唯一の女の子だったため、みんながお姫様のようにかわいがっていたそうだ。ひきこもりでほとんど部屋から出てこられない彼女のために、エバートンは目新しいものを手に入れてはビオレッタにプレゼントしていた。そこから交易に興味を持ち、交易商となったそうだ。

「……あの、それってもしかして、ビオレッタ様が初恋……とか？」

聞いてもいいんだろうか、と不安に思いつつ、どうしても気になったので思い切って問いかけてみると、エバートンは目を丸くしてから、声を上げて笑った。笑いはなかなか収まらず、腹を抱えてひいひいと苦しそうに息をしている。しばらく笑い続けたあと、何とか落ち着きを取り戻したエバートンは、「あー……苦しかった」と長い息を吐いた。

「僕がビオレッタに恋とか、絶対にありえないよ。だって彼女は僕にとってかわいいかわいい妹だもの。コンラードほどじゃないけれど、僕も十分シスコンだって自覚するくらい、ビオレッタがかわいくて仕方がないね。妹としてだけれど」

「でも、従妹《いとこ》だから、結婚しようと思えばできますよね？」

「確かにできるけど、一度妹と認識した相手を女性としてみるのは、難しいものがあるよ。いくらビオレッタが絶世の美少女であってもね」

エバートンの言葉に、「そういうものなんですか」と相槌《あいづち》をうちながら、アメリアは、胸に杭《くい》が深く刺さったかのような息苦しさを感じていた。


一度妹と認識した相手を女性としてみるのは難しい――その言葉が、アメリアの頭の中で何度も反響する。どうしてその言葉が気になるのかわからなくて、アメリアは当惑した。

「ルイス様。ルイス様にとって、私は妹も同然だよね？」

中庭の薬草を摘《つ》みながら、隣で同じように薬草を摘むルイスにアメリアは問いかけた。

今日の天気は薄曇りで、照りつける夏の陽射しを雲がほどよく和《やわ》らげていたため、ベアトリスはルビーニ家の魔術師全員に薬草摘みという名の日光浴を命じた。アメリアはほぼ毎日陽射しに当たっているため必要ないが、師匠《ししょう》であるエイブラハムも強制日光浴中のため、おつき合いしていた。

ちなみに、ブランは中庭に出て早々に猫の擬態《ぎたい》を解き、陽の光を堪能《たんのう》してくると言ってどこかへ飛んで行ってしまった。代わりに中庭を漂っていた光の精霊がアメリアの周りに集まり、彼女が摘んだ薬草を興味津々《しんしん》で覗《のぞ》いている。

エバートンと会ってから十日。なぜエバートンの言葉が引っかかるのか、アメリアはさんざん考えたが答えが見つからず、ルイスを頼った。自分で考えてもわからないなら周りに聞いてみればいい。ルイスはいつもアメリアにそう言ってくれる。なので甘えてみることにしたのだ。

唐突《とうとつ》な質問に、ルイスは面食らいながらも「俺、アメリアのお兄ちゃん」と答える。いつも通りの言葉を聞いて、アメリアはすんなりとその言葉を受け入れることができた。

「……うん。だよね、ルイス様は私のお兄ちゃんみたいなものだよね。でも、血はつながってないじゃない」

「そうだね」と答えながら、ルイスは地面に生える草の先っちょだけをむしる。ルイスが摘む薬草は、根っこから引き抜くのではなく、葉っぱの伸びた部分だけちぎって採取しなければならなかった。

「ルイス様は、私と結婚できる?」

ズボッという派手な音を立てて、ルイスは薬草を根元から引き抜いてしまった。

「わっ！　ルイス様、ちょっと、根っこから引き抜いちゃダメだって！」

猫のひげのような根っこをぶらさげる薬草を握りしめたまま、驚愕《きょうがく》の表情でアメリアを見つめて固まるルイスから、アメリアは慌てて薬草を奪い、手早くもとの土のなかへ戻した。包み込むように薬草の周りの土を押さえ、ほっと一息つくアメリアの両手を、ルイスがつかんで引き寄せた。

「アメリア、急にどうしたの!?　もしかして、エバートン、なにかされた!?」

無理矢理振り向かされた先には、心配そうなルイスの顔があった。相変わらず距離が近くて、アメリアは軽く身を引きながら「なにもないよ」と否定する。

「じゃあ、もしかして、エバートンとの結婚、いや？」

「いやもなにも、まだ決められるほどあの人を知らないっていうか……」

アメリアは口を尖らせ、視線をそらして歯切れ悪く答える。

「アメリア、もしエバートンとの結婚、嫌なら、そう言えばいい。ずっとここにいればいい」

ずっとここにいる。それはとても魅力的なことだけれど、いつまでもルビーニ家に甘えているわけにもいかないと思う。

もしもアメリアに薬の調合ができたなら、それも考えられたかもしれないが、残念ながら、アメリアに薬師としての才能はない。せめてベアトリスのように魔術師たちをサポートできな

いだろうかと努力してみたけれど、アメリアにはベアトリスのような人脈もない。

このままではいつか、アメリアはルビーニ家のお荷物になってしまうだろう。

「アメリア、もし、ずっとここにいられない、思ってるなら、俺と……」

そこまで言いかけて、ルイスはこらえるように視線を落とし、首を振った。そして、まるでさっき言いかけた言葉などなかったかのように、「アメリア、これ見て」と明るい声で言い、濃紺《のうこん》のローブの下から小さな小瓶《こびん》を出した。

「これ、新作」

アメリアの視線の先で掲げて見せた小瓶の中には、金色の透き通った液体が入っていた。

「新作なんて、いつの間に作ったの？」

ルイスは何か新しいひらめきがあると、研究に没頭《ぼっとう》するあまり部屋から出てこなくなってしまう。しかし、ここ最近はきちんと食堂で食事をとっていたはずだ。

「これ、すでにあった薬、手を加えただけ。だから、時間かからない」

「あぁ、なるほど。つまり、すでにある薬の効能を別方面に特化させたって感じ？」

ルイスはうなずき、立ち上がると、小瓶のふたを開けて座りこんだままのアメリアの周りに中身をふりまいた。いま、アメリアが座りこむのは中庭の薬草畑で、耕《たがや》した土に薬草が整然と植えられているという、正真正銘《しょうしんしょうめい》の畑だった。その土の部分にアメリアはしゃがみ込んでいたため、薬は柔らかな土を濡らす。土へ染み込んだのか、それとも気化してしまったのか、薬は瞬く間に消えていった。

身体《からだ》を支えるために、地面についたアメリアの手に僅《わず》かな振動を感じた、その時だった。

薬が染み込んだ大地から芽が顔を出したかと思えば、見る見るうちに茎《くき》をのばし始めた。

「え？　え？　ちょ、ちょっと、なにこれ、うきゃあっ」

さえぎるものもなく勢いよく伸びてきた草は、やがて座りこむアメリアを隠すほどに成長し、それぞれが満開の花を咲かせる。

先ほどまでアメリアが座りこんでいた場所には、咲き誇る花の小山ができあがった。

アメリアの助けを求める声が響くたび、花の小山が細かく揺れる。そこへルイスが両手を突っ込んで花をかき分ければ、呆然《ぼうぜん》とするアメリアが現れた。

「ルイス様……これ、何？」

「開花薬。植物の肥料《ひりょう》薬《やく》、改良して、花を咲かせる。特化してみた」

「花を咲かせるって、確かに咲いたけど……」

花の中心に埋もれていたアメリアには、茎や葉の緑ばかりが目に入って花などちらりとも見えなかった。そもそも、人を飲みこむほど急成長してしまっている時点で花を咲かせることに特化できていないと思う。振りまいた瞬間に噴き出すように植物が成長する薬なんて、ホラーだ。せめて常識的な大きさで成長が止まってくれたならと、実際に植物に埋もれたアメリアは切に願う。

ルイスの手を借りながら花の小山から抜け出したアメリアは、外から見る分には美しい花の塊《かたまり》をしばし呆然と見つめていたかと思うと、噴き出した。そのまま腹を抱えて笑い続け、足に力が入らなくなってその場に座りこんだ。一緒に座りこんで心配そうに見つめてくるルイスに気づいたアメリアは、なんとか笑いを抑え込み、涙がにじむ目もとをぬぐいながら言った。

「もう少し効果を抑えることができたら、実用的になるかもね」

アメリアは手を伸ばし、花の小山から一輪引き抜く。なにも種を植えていない土に薬をまいたからか、咲いている花は観賞用の花のような派手さはない小ぶりな花たちばかりだった。それでも、生き生きと咲く姿は文句なしに美しかった。

「ねぇルイス様。これだけ茎が長かったら、花冠が作りやすいんじゃないかな」

引き抜いた花にずるずるとぶら下がる長い茎をもう一方の手でつまみ、アメリアはいたずらな笑みを浮かべる。

「花冠、欲しい？」

「そうだね。せっかく咲いたんだし、このまま枯らすのももったいないじゃん。開花薬試作記念に、花冠作ろう」

「いいよ。俺、作れる」

アメリアとルイスは笑いあい、仲良く花冠を作り始めた。アメリアの手元に光の精霊が集まってきたため、彼らに説明しながらアメリアは花を編《あ》む。しばらくすると他の魔術師たちも加わりはじめ、花が足りなくなればルイスは開花薬を使ってさらなる花の小山を作り、仕舞いにはエイブラハムさえも加わって、魔術師総出で花冠作りに熱中した。薬草は予定の半分も採取できなかったけれど、もともと日光浴が目的だったためベアトリスは怒らなかった。


「花冠なんぞ、久しぶりに見たのう」

エイブラハム渾身《こんしん》の花冠を見つめて、ベアトリスは恋する少女のように頬《ほお》を染めた。エイブラハムは花冠を作り終えるなり、自室で仕事をこなすベアトリスのもとへ持って行ったのだ。残念ながら、そのときアメリアはまだ花冠を作っていたため、エイブラハムから花冠を受け取った瞬間の乙女《おとめ》なベアトリスをこの目に焼きつけることはできなかったが、花冠を壊さないよう慎重に頭にのせるベアトリスも十分にかわいらしいので良しとする。

花冠をかぶったまま仕事を再開するも、時折それに触れるベアトリスを微笑《ほほえ》ましく思い、アメリアは「似合っていますよ」と声をかけた。

「そういうお前こそ似合っておるぞ。まさに花の精だな」

花の精だなんて、アメリアのような平凡な娘には分不相応な賛辞だと思う。思うが、いまはそう言われても仕方がないとわかっている。

ベアトリスの執務室へ現れたアメリアは花冠をかぶり、長さの違う花の首飾りをふたつさげ、両手首には花の腕輪を巻きつけ、ふわふわのふたつおさげにも花を編み込んでいるという、まさに花まみれだったのだ。アメリアの頭上でお座りするブランも花冠をかぶるという徹底ぶりである。

かわいらしいとか、美しいなどという意味ではなく、純粋に花に囲まれているという意味で花の精だった。

「花冠以外は全部ルイス様が作ったんです。大作でしょう?」

「あの子は凝《こ》り性《しょう》なうえ、そのこだわりを実現できるだけの器用さも兼ね備えているからな」

困ったように、それでいてどこか誇らしげに笑うベアトリスに、アメリアは大いに同意した。

ルイスは本当に器用だった。アメリアが花冠を作っている間に花冠ひとつと首飾りをふたつ作り、アメリアが作った花冠と自分が作った花冠をひとつにつなげる方法をアメリアに教授したあと、アメリアがせっせとふたつの花冠をつなげている間に腕輪をいくつも作り、さらにはアメリアの髪をほどいて花を編み込み始めたのだ。

「器用だとは常々思っていましたが、まさか編み込みまでできるとは思いませんでした」

「あれはビオレッタの世話をよくしておったからのう。ひきこもりだったころのビオレッタは自分の見目を気にすることすらなかったからな。そのぶん、コンラードやルイスがビオレッタの世話をやいたんだ。おそらくコンラードもルイスと同じことができるぞ」

「コンラード様とルイス様にとって、ビオレッタ様はお姫様だったんですね。ビオレッタ様が婚約したときのコンラード様の荒れ具合も、いまなら仕方がないように思います」

ルイスはまだしも、コンラードの場合、自分が薬草探しの旅に出ている間にビオレッタが婚約してしまったのだ。当時は取り乱すコンラードを理解のない兄と思ったアメリアだったが、いまとなってはあの頃のコンラードを思いだすとうっかりもらい泣きしそうになる。

「そういえば、コンラード様はどうしたんですか？　薬草摘《つ》みに現れませんでしたよね」

「コンラードなら、薬を届けに行った。王都からそう遠くない村で流行《はや》り病《やまい》が発生してな。薬が不足していると精霊が教えてくれた」

「じゃあ、しばらく屋敷を離れるんですか？」

「そうだな。そう遠くないと言っても、馬で一日半かかる。戻るのは五日後だろう」

しばらくの間、コンラードの顔を見なくてすむ。そう聞いてほっとする反面、寂しいと感じる自分にアメリアは驚いた。

コンラードもルイスも、アメリアを構いすぎるほど構ってくれるから、いなくなると寂しく感じてしまうのだろう。この四年間で、ずいぶんふたりに影響されたなぁ、なんて考えながら、アメリアはベアトリスの仕事を手伝い始めたのだった。

ルイスたちと花冠を作った翌日、アメリアはエバートンと会うことになった。エバートンから手紙が届いたのだ。会わせたい人がいるから、ぜひ我が家に招待したいと。

『アメリアに会わせたい人って誰かしらね。もしかして、エバートンの両親とか⁉』

定位置であるアメリアの頭上で、ブランが興奮して飛び跳ねている。頭上という不安定な場所で飛び跳ねるのはやめてほしい。無意識なのだろうが、爪が食いこんで痛かった。

はしゃぐブランを頭上から降ろして胸に抱き、手紙の指示通りルビーニ家の屋敷の門前で待っていると、ファウベル侯爵家の家紋を掲げた馬車が止まり、エバートンが降りてきた。

「急に呼び出して申し訳ない。断られても仕方がないと思っていたから、こうやって君に会えてうれしいよ」

「いえ、基本的に、私の仕事はベアトリス様のお手伝いが主なので、時間の融通《ゆうずう》は利《き》くんです。それに、急と言っても、昨日のうちに連絡をくださいましたから」

「ありがとう。無理をさせたぶん、君を驚かせてみせるよ」

まるで物語の王子様のように差しだされたエバートンの手に、アメリアは自分の手を重ねる。彼の先導に従って馬車に乗り、向かった先は、この間と同じエバートンの屋敷だった。この十日の間にキャラバン隊は次の旅に向かったのか、屋敷の前の広場は馬車も馬も人も見当たらない、空《から》っぽだった。

乗るときと同じように、エバートンの手を借りながら馬車から降りたアメリアは、彼に連れられるまま屋敷の中へ入った。向かったのは以前お邪魔した世界中から集めた美術品が並ぶ部屋ではなく、初めて見る扉の前だった。黒地に金の装飾が施《ほどこ》された両開きの扉で、広間や応接間といった客人をもてなす部屋につながっているのだろう。

「絶対、びっくりするよ」

ドアノブに手をかけたところで、エバートンはアメリアへと振り返り、そう言い切る。これから起こることが楽しみで仕方がないといった笑顔で、エバートンは扉を開け放った。

「アメリア！」

扉が開け放たれるなりかけられた声に、アメリアは思わず息を止め、頭上のブランは身震いをするように毛を逆立ててひとまわり膨《ふく》らんだ。

エバートンの言う通り、扉の向こうに待ち受けていた人物を見て、アメリアは非常に驚いた。

しかし、決していい意味での驚きではなかった。

エバートンがアメリアを連れてきたのは、扉から受けた印象のとおり、応接間だった。世界各国から集めたのだろう調度品《ちょうどひん》で飾られた部屋の中央に、客人をもてなすためのソファとローテーブルが置いてあり、夜明けの森を彷彿《ほうふつ》とさせる深緑の草模様が美しいソファに、アメリアの両親が座っていた。

「アメリア、久しぶりだね」

そう言って、アメリアの母が立ちあがる。アメリアと同じ赤茶色の髪が、ずいぶんくすんでしまっていた。四年前は、アメリアよりもずっとつややかだったのに。

「見違えるほど大きくなって……顔をよく見せておくれ」

アメリアの母は扉の前で呆然《ぼうぜん》とするアメリアへと近づき、顔を覗《のぞ》き込んでくる。母の目元や口元に四年前にはなかったしわを見つけて、アメリアは息苦しさを感じた。

「元気そうで安心したよ。さぁ、父さんにもその立派な姿を見せておやり」

アメリアの母は四年ぶりに再会した娘の手を取ろうとすると、アメリアの頭上にいたブランが「シャアァッ！」と威嚇《いかく》した。

『どうしてあんたたちがこんなところにいるのよ！　アメリアの前に二度と現れないって、エミディオと約束したくせに！』

驚いて手をひっこめた母親へ、ブランは低くうなる。

「あらやだ、ブランったら。私を忘れちまったのかい？　猫は忘れっぽいって、本当だねぇ」

威嚇し続けるブランに、母親は苦笑して肩をすくませる。困ったよ、と言わんばかりの態度だが、母親は四年前に何度となくブランに手をあげている。また同じように殴《なぐ》られるような気がして、アメリアは慌ててブランを胸に抱きしめた。威嚇を止められたブランは不満もあらわにアメリアを見上げるが、抱きしめる彼女の身体が震えていることに気づき、勇気づけるかのようにアメリアの腕に尻尾《しっぽ》を巻きつけた。

「ど、どうして……ふたりが、ここにいるの？」

腕に抱くブランの体温からなんとか勇気をもらって、アメリアは当然の問いを口にする。四年前、ビオレッタによって保護されたとき、エミディオがアメリアの両親に誓わせたのだ。もう二度と、アメリアに近づかないと。それなのに、なぜふたりがここにいるのか。

アメリアの態度から、きちんと説明しなければここから動かないとわかったのだろう。母は面倒だと言わんばかりにため息をこぼした。

「そちらの、エバートンさんが私たちを王都へ呼び寄せてくださったんだよ。そうでもなきゃ、王都なんて来られるわけがないだろう。移動するだけでも金がかかるんだよ」

アメリアははじかれたようにエバートンを見る。アメリアの傍で静かに見守っていたエバートンは、アメリアと目が合うなり困ったように笑って肩をすくませた。

「結婚したら、この方たちは僕にとって義理の両親になる。気が早すぎるのは分かっていたけど、一度きちんと挨拶《あいさつ》をしておきたいと思ってね」

まだアメリアが結婚の承諾《しょうだく》をしていないこの状況で、両親に挨拶だなんて気が早いにもほどがある。怒りと戸惑いがないまぜとなり、アメリアは言葉もなくただ口をはくはくと動かした。

「文句はきちんと聞くから、とりあえず座って落ち着こう」

アメリアの表情で彼女の怒りを察したエバートンは、アメリアと彼女の母をソファへと促す。ソファで待つ父は、貴族であるエバートンの前であっても立ち上がる素振りなどなく、ふてぶてしくソファに座ったまま、近寄ってきたアメリアを睨《おど》すようににらみ上げた。

「久しぶりだな、アメリア。ずいぶんと立派になったじゃないか」

はたから見ればアメリアの成長を喜ぶ言葉に聞こえるが、アメリアの本能が必死に『違う』と警告していた。それはブランも同じだったらしく、しぼんでいた毛が逆立ち始める。

母と同じように父も四年前にはなかった白髪やしわが目につくようになっている。だが、誰に対しても不遜《ふそん》な態度をとるところは変わっていなかった。

アメリアは父にも母にも近づきたくなどなかったが、なかば引きずられるようにしてふたりの間に座らされる。向かいのソファに腰掛けたエバートンは、並ぶ三人を見つめてどこか安心したような表情を浮かべた。

「今回のことは、僕の勝手な判断で君を想定以上に驚かせてしまったみたいで、申し訳ない。でも、この四年間、一度も会っていないと話していただろう？　あの時、両親のことを心配している風だったから、ちょっと調べたんだ。そうしたら、ずいぶんと生活に困窮《こんきゅう》しているみたいでね……」

『精霊に嫌われたんだから、当然よ』と、胸に抱くブランが牙を覗かせて毒づく。

四年前、幼いアメリアを見捨てた両親への罰として、精霊たちはふたりの家を薄暗い空気で包んだ。家の周りが常に薄暗い――ただそれだけだが、敬虔《けいけん》な光の神の信者である村人たちは、光から見放されたふたりを爪《つま》はじきにした。自給自足で生活する小さな村で、他の村人の力を借りられないというのは、さぞ暮らしづらかっただろうな、とアメリアは思う。

「あんな状況では娘に会いたくても会えないだろうと思って、余計なお世話だったかもしれないけれど、ご両親を王都へ呼び寄せたんだ。もし君が僕と結婚したなら、ご両親の面倒もきちんと見ようと思っている。だって、僕の義理の両親になるわけだからね」

「面倒を見るだなんて、そんな――」

「ありがとうございます！　私たちは毎日の食事にさえ困窮する状況だったんだ。うちの娘でよければいくらでも嫁にもらっていってください」

アメリアの言葉をさえぎって、父が勝手に結婚を了承してしまった。それに、母も続く。

「こんななんの役にも立たない娘、もらっていただけるだけでもありがたいのに、私たちの面倒まで見てくれるだなんて……アメリア、お前からもお礼を言うんだよ！」

「ちょっと待って、まだ私は結婚するなんて――」

「ほら、お前からもお願いするんだ。嫁にもらってくださいってな」

父は反論しようとするアメリアの後頭部をつかみ、無理矢理頭を下げさせる。ローテーブルに顔面をぶつけそうになったアメリアは両手をついてなんとかこらえ、その拍子に自由になったブランが、アメリアを押さえる父の手に向かって爪をたてた。

「いってぇ！　……この、クソ猫！」

父は自分の手にぶら下がるブランを、もう一方の手で叩き落とそうとするが、ブランは軽い身のこなしでその手をよけ、テーブルの上に着地する。

「ブラン！」

アメリアはすぐさまブランを腕に抱き、立ちあがって両親から距離をとった。

「アメリア！　その猫を俺によこせ！」

「いやよ！　ブランは私の大切な親友なんだから！」

「こらこら、ふたりとも、そんなかっかしないでおくれよ。久しぶりに親子三人でいられるんだからさ」

一触即発《いっしょくそくはつ》となったアメリアと父親を、母親が仲裁《ちゅうさい》する。エバートンの前ではさすがに本性を出せないのか、父親はいらだちのこもったため息を吐いてソファに座り直した。

「すいませんねえ、エバートンさん。うちの人、少し怒りっぽいんですよ」

すかさず母が誤魔化《ごまか》しにかかり、エバートンは笑顔で「いえいえ、大丈夫ですよ」と返した。

「ところで、手の甲の傷は大丈夫ですか？　化膿《かのう》しては大変ですから、手当てしましょう」

「そんな、いいんですよ。これくらいの傷、舐《な》めておけば治ります」

「そうおっしゃらずに、ぜひ手当てをさせてください。我が家には、ルビーニ家が作った傷薬があるんです。ルビーニ家の薬は良薬だと有名でして、王家も愛用しているんですよ。さぁ、あちらで手当てしてしましょう。お母様は、娘さんとふたりでゆっくりお話しでもしてお待ちいただけますか」

エバートンは立ちあがり、アメリアの父を部屋の外へと半ば強引に連れだしていく。すぐにかった。

手を上げる父がいなくなり、アメリアは身体《からだ》の緊張をほどいたものの、安心してなどいられなかった。

「アメリア。ちょっとこっちへおいで」

部屋に残った母が、アメリアにソファへ座るよう促したからだ。アメリアは嫌な予感しかしなかったが、ここでごねたところで母の機嫌が余計に悪くなるだけだとわかっていたので、素直にソファに座り直した。

「いいかい、アメリア。今回のエバートンさんとの結婚話、どんな手を使ってでもまとめるんだよ」

「でも、私は――」とアメリアが主張しようとすると、母は「口答えするんじゃないよ！」と甲高《かんだか》い声で叱《しか》りつけた。

「お前の気持ちなんてどうでもいいんだよ！　大切なのは私たちの生活だ！　この四年間、私たちがどれだけ苦労してきたか、お前にわかるかい!?」

「でもそれは――いたっ！」

自業自得《じごうじとく》だろうと言おうとしたところで、母がアメリアの太ももを思い切りつねった。鋭く刺すような痛みに顔をゆがめるアメリアを、母は悪魔のような表情でにらみつける。

「私はあんたの母親だ。あんたがルビーニ家に拾われるまでの十二年間、役立たずで愚図《ぐず》なあんたを育ててきたのは私なんだよ！　それなのにあんたは私に恩返しひとつせずに、ひとりだけいい生活をして……なんて親不孝な娘だろう」

母はアメリアの太ももから手を離すと、今度はおさげをつかんで引っ張った。

「ごらんよアメリア。いい暮らしをしてきたあんたの髪はこんなにつやつやとしているっていうのに、私の髪はくすんで白髪まで混じってきた。それもこれも、あんたが恩知らずだからいけないんだ」

そんな訳がないと言い返したいのに、アメリアは母の異様な雰囲気《ふんいき》にのまれてなにも言い返すことができない。四年前の恐怖が、毎日のようにののしられ、殴られてきたあの日々が鮮明に蘇《よみがえ》って、アメリアはただ震えるしかできなかった。

「よくお聞き、アメリア。あんたはこのままエバートンさんと結婚するんだ。そして、私たちに償《つぐな》いをするんだよ」

「償、い？」

いったいなにを償えと言うのか。アメリアの当然の疑問を、母は面倒そうに鼻で笑った。

「あんたは私たちに返さなければいけない恩がある。それなのに、恩を忘れてひとりルビーニ家でのうのうと暮らしてきたんだ。こんな罪深いこと、許されるわけがない。あんたは償う義務があるんだよ！」

そんな馬鹿な。そんな理屈はおかしい。そうアメリアの頭は主張するのに、恐怖にすくみあがった心は立ち向かおうとしない。

『アメリアは悪くない！　アメリアの世話なんてほとんどしなかったくせに、償うなら、あんたたちの方でしょ！』

アメリアの腕の中で、ブランが必死に叫んでいる。けれどその声は、恐怖に支配されたアメリアの心に届かない。ただうつむいて、母の一方的な叱責《しっせき》を受けとめた。

母が言っていることはおかしい。でも、それを主張したところで、さらに感情的な言葉をぶつけられるか、手をあげられるだけだとわかっているから、アメリアは四年前と同じように、嵐が過ぎ去るのを待つことにした。

早く終われというアメリアの願いが届いたのか、手当てを終えた父とエバートンが部屋に戻ってきた。改めてソファに座り直すと、両親はエバートンがどれほど裕福なのか探りを入れ始めた。アメリアにもわかるそのあからさまな態度に、エバートンは嫌な顔ひとつせずに笑顔で対応していた。

「そろそろ、お開きにしましょうか。暗くなる前にアメリアをルビーニ家に帰さないと、叔母《お ば》様《さま》に怒られてしまいます」

「そんな……あんな魔術師の家なんかに気を遣う必要なんてありませんよ」

「そうですよ。アメリアはもうすぐあなたの妻になるんだ。そうなったら、もう魔術師とは赤の他人だ。気を遣う必要なんてないですよ」

ルビーニ家に対する多大なる恩を忘れて勝手なことばかり言う両親に、アメリアが目をむいて怒りに震える。ルビーニ家の人たちは、アメリアに本当の家族というものを教えてくれた。あんなに愛情にあふれた人々を、何も知らずに悪く言う両親に腹がたって仕方がなかったが、アメリアは口を開くことすらできない。まるで声の出し方を忘れたかのように、一言も吐き出すことができなかった。

「まぁ、そうおっしゃらずに。ルビーニ家の人々はアメリアを本当の家族のように大切にしているのです。彼女をないがしろにすれば、結婚を許してもらえなくなります」

「赤の他人が、許すも許さないもないでしょう。親である私たちがいいと言っているんだ」

いまにもアメリアをエバートンに差し出しそうな父を、エバートンは「焦らないでください」となだめる。

「あなたたちとアメリアは、四年もの長い間離れて暮らしていたんです。きっと、つもる話もあることでしょう。しばらく王都に滞在して、ゆっくり時間をかけてお話ししてください。滞在先は、すでに私が手配しました。もちろん、滞在費に関してもご心配はいりませんよ。私がお呼びだてしたのですから、そちらも私が請け負います。いま、馬車を外に用意させますので、宿でゆっくり休んでください。また後日、そちらへお伺《うかが》いいたします」

エバートンが両手を打ち鳴らすと、執事が入ってきて両親を案内し始める。タダで王都に滞在できるならと、両親は素直に引き下がり、執事とともに部屋を出ていった。

両親の姿が消えるなり、アメリアは大きく息を吐いて身体のこわばりを解く。胸に抱くブランがアメリアを心配して必死に声をかけていたが、アメリアは返事をするどころかそんなブランを床に落っことし、エバートンに向けて深々と頭を下げた。

「私の両親のために、赤の他人であるあなたのお金を使わせてしまい、申し訳ありませんでした。あの、どれだけ時間がかかるかわかりませんが、必ず全額お返ししますから……滞在費用も、全部、払いますから……」

「……あぁ、なんだ、そんなこと。急に頭を下げるから、てっきり断られるのかと思った」

エバートンは胸に手をあて、大げさに安堵《あんど》すると、床に転げるブランを抱き上げてアメリアの傍へ近づいた。そして、アメリアの肩に手をのせて彼女の頭をあげさせる。

「赤の他人だなんて言わないでくれるかな。僕は、君と家族になりたいと思っているんだから」

「家族……」と目を瞠《みは》るアメリアへ、エバートンは優しく笑いかける。

「結婚って、その人と新しい家庭を築くということでしょう。確かにいまは赤の他人だけれど、もし結婚したら、僕たちは家族になるんだ。だから、君の両親のことだって遠慮《えんりょ》することはないんだよ」

「でも、私はまだ、結婚を承諾《しょうだく》したわけじゃぁ……」

「うん、そうだね。ちゃんとそれは理解しているし、両親を味方につけて君に結婚を迫ろうとしているわけじゃないんだ。それだけは信じてね」

信じてと言われても、こんな状況で信じられるわけがない。エバートンの胸に抱かれるブランも同じ意見だったのだろう。エバートンの頰《ほお》へ猫パンチをお見舞いした。頰に肉球を押しつけられたエバートンは、「本当だって」と言いつのる。

「僕はただ、君と両親の間にある溝《みぞ》を埋めるきっかけになればと思ったんだ」

「溝を、埋める？」と眉《まゆ》を顰《ひそ》めるアメリアに、エバートンは「そう」と真剣な面持《おもも》ちでうなずいた。

「血のつながった親子が四年も音信不通だなんて、悲しい話だよ。せっかく再会したのだから、この機会にお互いよく話し合って、和解できないだろうか」

「和解……私と、あのふたりが？」

人の話を聞かず、なんでもかんでも人のせいにしてばかりの両親と和解なんて、できるのだろうか。

アメリアがどれだけ主張したところで、あのふたりの耳には何も聞こえないだろう。アメリアが自分たちの思い通りになる人形か何かとしか思っていないのだから。

そんな人たちと、和解？

「そんなもの……どうやってすればいいの？」

「そうだね……まずは、相手の言い分を聞くことから始めればいいんじゃないかな」

言い分なんて、いつも嫌というほど聞かされている。アメリアの言葉を聞かないのは両親の方だ。

「ルビーニ家で過ごした四年間で、君はいろんなことを自分で判断できるようになったはずだよ。きっといまなら、理解できることもあるだろう」

ルビーニ家で過ごして分かったこと。それは、自分の両親がいかに特異だったかということ。親というのは子を慈《いつく》しみ、愛し、守り育てるもの。それが当たり前なのだと、ベアトリスが、エイブラハムが、そしてビオレッタが教えてくれた。

四年前と全く変わらず、アメリアをただの道具かなにかだと思っている両親と、どうして和解なんて――

「一番してはいけないことは、あきらめることだよ。和解なんてできっこないと決めつけて、歩み寄る努力もしなければ、変わるものも変わらない」

アメリアの心を読んだかのような言葉に、アメリアは目を見開いて息を止める。ブランを胸に抱くエバートンは、固まったままのアメリアの目を見つめ、諭《さと》すように言った。

「君自身、ずっとこのままでいいだなんて思っていないはずだ。いつかは、両親と笑いあえるようになりたいと思っているんだろう。だったら、いまがいい機会なんじゃないかな」

両親と、笑いあえるように――確かに、その通りだ。いつか、ルビーニ家の人々みたいに、自分も自分の両親と笑いあえたなら。ずっとそう思っていた。

そのためには、アメリアが両親に歩み寄ることが必要なのだろうか。

四年という月日がたっても、両親を許すことができないアメリアが間違っているのだろうか。

『ふざけたことを言わないで！　何も知らないくせに！』

ずっと黙ってエバートンに抱っこされていたブランが、そう叫びながら彼の手をひっかいて床へ降り立った。ブランの声で我に返ったアメリアは、エバートンの手の甲に走る赤い三本線を見て慌てて駆け寄ろうとしたが、ブランが『手当てなんて必要ない！』と怒鳴ったためその場にとどまる。

『さっきから黙って聞いていれば、勝手なことばかり言って……アメリアにひどいことばかりしてきた両親に、どうしてアメリアの方から歩み寄らなきゃいけないのよ！　何も知らないくせに、勝手に首を突っ込んで自分の理屈でアメリアを責めないでちょうだい！』

毛を逆立て、両親と対峙《たいじ》した時のように威嚇《いかく》するブランに、エバートンは困惑しながらも
「アメリア、ブランはなんと言っているんだい？」と問いかける。しかしその問いを、他ならぬブランが『教えなくていい！』と突っぱねた。

『あんたなんかにアメリアは預けられないわ！　もう二度とアメリアの前に現れないで。あのろくでなしの両親も、さっさともといた村へ送り返してちょうだい！』

ブランはエバートンに背を向けると、アメリアの肩までよじ登る。

『アメリア、帰るよ！』

「う、うん。エバートン様、失礼します」

軽く頭を下げて、部屋から辞そうとするアメリアを、エバートンが呼び止める。屋敷まで馬車で送ると言うエバートンに、ブランは『必要ない！』と叫んだ。エバートンにはその言葉は聞こえないが、「シャアァッ！」という威嚇は聞こえているので、強く拒絶されたことに気づいたのだろう。何か言いたそうな表情ではあったが、エバートンは素直に引き下がった。

エバートンの屋敷を出たアメリアは、ブランを胸に抱いて足早に進んでいく。ここからルビー二家まで結構な距離はあるが、同じ王都内なのだから歩けない距離ではない。この辺りは貴族街のため、貴族たちの誇りと見栄《みえ》が詰まった趣《おもむき》のある屋敷が並んでいるのに、アメリアはそれらに見向きもせずに視線を落としたままただ黙々と足を進めた。

『アメリア……大丈夫だよ。エバートンの言ったことなんて、気にしなくていいんだからね』

胸に抱くブランが、そう優しくささやいて身を乗り出し、アメリアの頬に鼻先をこすりつける。いつもなら、それに笑顔でお礼を言っていたのに、いまのアメリアには答えることすらできなかった。

視線すらよこさず、ただひたすら歩き続けるアメリアを、ブランは責めるでもなくおとなしく腕に抱かれていたのだった。

両親と再会したあの日から、三日が過ぎた。

あの日以来、エバートンから連絡はない。もちろん、両親が何か接触してくるということもなかった。

両親と再会してしまったことを、アメリアは誰にも告げていない。アメリアが自分から望んだことではないにしろ、両親と会ってはならないと言われていたにもかかわらずそれを破ってしまった罪悪感があり、どうしても打ち明けることができなかった。ブランもアメリアの複雑な心境を慮《おもんぱか》っているのか、それとも単に話題にすらしたくないのか、ベアトリスやエイブラハムに今回のことを話していなかった。

この三日間、アメリアはずっと考えていた。両親を許せない自分は間違っているのか否《いな》かを。

アメリア自身は、間違っていないと思う。ルビーニ家に預けられるまでの十二年間の苦労は、そう簡単に水に流せるものではない。ルビーニ家での四年間がとても幸福だっただけに、余計にそう思ってしまう。

アメリアの両親は、アメリアを人として扱ってくれなかった。そう断言できるのに、アメリアの心の中で、エバートンの言葉がちらつく。

両親と笑いあえるようになりたいならば、アメリアの方から歩み寄る努力をしなければならない。

そんなこと、無理だ。すぐにそう考えてしまうことこそが、努力を放棄するということではないか。そう考えだしたら止まらなくなるのだ。両親を許せないという気持ちと、ルビーニ家のように、自分も両親と笑いあいたいという夢。そしてエバートンと結婚することでルビーニ家に多少なりとも恩返しできるのではという希望が、アメリアの心の中でせめぎ合う。仕舞いには心がぐちゃぐちゃとなって苦しくなり、何も手につかなくなった。

ベアトリスの手伝いをしているときは、まだいい。目の前に山積みとなった仕事に集中していれば、余計なことを考えなくてすむ。それに、下手《へた》に動揺《どうよう》を見せてベアトリスに両親のことを悟られたくはないため、自然と気を張った。

ベアトリスの前ではいつも以上に集中している反動か、アメリアはひとりになると途端に考え事にばかりふけるようになった。自分の部屋だとぐるぐると考えて落ち込んでしまうため、少しでも気分を明るくさせようと、中庭のテラスでぼうっとすることが増えた。

ルビーニ家の中庭は、客人をもてなすためのテラスがあり、庭師たちが計算して配置し、愛情込めて育てた植物たちが季節の花で訪れる人を楽しませる。テラスの周りは毎年春と秋に花を咲かせる高い生け垣《いがき》が四角く覆《おお》っており、生け垣の向こう側に広がる薬草畑を隠していた。

ベアトリスの手伝いを終えたアメリアは、今日もテラスへやってきた。すると、テラスに設置されたテーブルの上に先客を見つけた。

「トピーさん、日向《ひなた》ぼっこ？」

テーブルの上に、トピーさんと呼ばれる猫が寝転がっていた。

『何言ってるのアメリア。トピーさんがいるのは日陰だから涼んでいるのよ。猫は毛皮に覆われているから、この季節は大変なのよね』

ブランの言う通り、テーブルには大きな日傘が設置してあり、トピーさんが寝転がっている場所は日陰となっていた。屋外ということもあり風が通り抜けるため、さらりとして涼しかった。

アメリアはトピーさんが寝転がるテーブル席に腰掛け、トピーさんの剝《む》きだしの頭頂部をなでる。

トピーさんはアメリアが初めて出会ったときから頭頂部が丸くハゲている猫で、一時期毛生え薬の開発にはまったルイスにより何度も毛の再生が試みられたのだが、結局トピーさんの頭頂部に変化は訪れなかった。実験の過程で手に入ったトピーさんの毛でカツラを作ったこともあったが、気に入らないのかすぐに外してしまう。ならばと肌に優しい糊《のり》を作って貼りつけてみたものの、トピーさんの肌がただれる、という最悪の結果を残してあえなく失敗した。

トピーさんの剝きだしの地肌はすべすべで温かく、触り心地が最高にいい。アメリアやコンラードはトピーさんの寂しい頭頂部が大好きだったため、ルイスの実験が失敗しても何ら残念に思わなかった。かくいうルイスも、永久的に持続する毛を生やすことはできなかったが、一瞬でも毛を生やすことに成功したため、一応満足はしていたようだった。実際、トピーさんのカツラは作れなかったが、人間のカツラ業界には革新をもたらしていた。

「ルイス様の毛生え薬を使ってカツラを作っている人たちは、それがトピーさんのために開発された薬だなんて夢にも思わないんだろうね」

『そりゃそうでしょうよ。猫のための薬を人間の自分が使っているだなんて、知らない方が幸せだわ』

アメリアはトピーさんの産毛《うぶげ》一本見当たらない頭部を指でなでまわす。トピーさんは嫌がるでもなく、静かに目を細めていた。

「アメリア、見つけた」

背後からの声に振り向くと、ルイスが屋敷から出てきていた。

「ルイス様。私を探していたって、何か用事があるの？」

「ううん、ない。ただ、アメリア、どこにいるのかなって、探しただけ」

アメリアの隣の椅子《いす》に腰かけたルイスは、テーブルの上でアメリアに頭頂部をなでられているトピーさんを見る。

「トピーさん、毛生え薬、もう一回作ってみる？」

「えぇ～、必要ないよ。トピーさんはこのすべがかわいいんだから。いまのままで十分魅力的だよ」

「そっか。なら、作らない」

ルイスは微笑《ほほえ》み、アメリアと一緒にトピーさんの頭をなでた。

「……ねぇ、アメリア。最近、元気ない。なにかあった？」

まさかルイスに問いかけられるとは思っておらず、アメリアは動揺のあまり身体《からだ》をこわばらせた。なにかありましたと言わんばかりの態度をとってしまったアメリアは、両親のことをなんとか誤魔化《ごまか》そうと必死に考える。

「そ、その……エバートン様とのこと、まだ、迷っているんだ。エバートン様はいい人だし、私には分不相応なくらいにいい話だってわかっているの。でも、どうしても、決められない」

両親に歩み寄るなら、両親が言うところの償《つぐな》いをするべきなのだろう。そしてそれは、エバートンと結婚することで果たすことができる。ルビーニ家への恩返しもできるのだから、これ以上いい結婚相手などいないだろう。理解しているのに、踏み込めない自分がわからない。

うつむいて考え込むアメリアの頭に、ルイスの手がのせられる。アメリアのおさげを崩さない優しい手つきで、何度も何度も頭をなでた。その手に促されるように、おずおずとアメリアが視線を上げれば、手と同じ穏やかな表情で、ルイスがアメリアを見つめていた。

「アメリアの気持ち、大切にしてほしい。俺たちのこと、気にしなくていい。ただ、アメリアの心のまま、決めて」

「私の……心のまま？」

「そう。アメリア、誰も責めない。大丈夫」

大丈夫——その言葉が、アメリアの心にしみる。

「……うん、そうだね。もう一度、エバートン様に会って、きちんと考えてみるよ」

うっかり涙をこぼしてしまいそうな目に活《かつ》を入れて、アメリアは精一杯の笑顔を浮かべた。


ルイスに励《はげ》まされたアメリアは、エバートンの屋敷へ向かうことにした。

『どうしてあんな奴に会いに行くのよ。もう顔も見たくないのに』

アメリアの隣を歩くブランが、尻尾《しっぽ》を大きく左右に振り回しながらぼやく。行きたくないけど、アメリアひとりでエバートンに会わせたくないという思いからついてきてくれているのだ。昔もいまも、ブランはアメリアの一番の味方だと思う。

「だって、ずっとこのまま放置なんてできないよ。お母さんたちのことも考えなきゃいけないし。そのためにも、エバートンさんと会ってきちんと話さなきゃ」

『話すって、何を？』

「私の、お父さんお母さんのこと。どうして私がルビーニ家へ引き取られることになったのか、きちんと話して、そのうえで、結婚や両親のことを話し合おうと思う」

自分がどうしたいのかはまだ見えないけれど、アメリアに混乱をもたらしたのはエバートンの言葉だ。だから、エバートンと一緒に考える方が答えが見つかりやすいのではないか。アメリアはそう思い至った。

『そっか、わかった。もしもエバートンのバカがまた余計なことを口走ったら、今度はあのきれいな顔を思い切りひっかいてあげるから、任せて！』

任せられないな、とアメリアが思ったことは秘密だ。


アメリアがブランとともにエバートンの屋敷を目指していたころ、ルイスはひとり、屋敷の玄関前の階段に座り込んでいた。

ここ最近、ひとり物思いにふけるアメリアを何度となく見かけていたルイスは、エバートンの屋敷へと向かうアメリアを門の外まで見送ったものの、心配で心配でいてもたってもいられず、いつ帰ってくるかわからないアメリアを玄関先で待つことにしたのだった。

夏の太陽が照りつける中、濃紺《のうこん》のローブを頭からかぶるルイスは、玄関から門へとまっすぐに続く道をなにを見るでもなく見つめる。黒い鉄製の門が揺らいでいるのは立ちのぼる蒸気のせいか、それともルイスの頭が暑さにやられたせいなのかわからない。揺らぐ視界に、馬に乗った誰かが門をくぐっている様子がぼんやりと映った。

「ん？　ルイス、お前、こんなところでいったいなにやってんだよ」

馬に乗る人物は、厩《うまや》へ向かおうとしていたものの、玄関前の階段に座りこむルイスに気づくなり、馬を降りて手綱《たづな》を引き、近づいてきた。

「コンラード、お帰り」

ルイスの目の前に現れたのは、コンラードだった。この夏の炎天下のなか、五日間かけて薬を届けに行ったとは思えない、涼しい顔でルイスを見下ろしている。背負っている鞄《かばん》が行きよりもずいぶん大きく膨《ふく》らんでいる様子から、おそらく道中で薬草を摘《つ》んできたのだろう。にもかかわらず疲れを微塵《みじん》も感じさせないコンラードに、見ているルイスの方が疲れた。

「おいおい大丈夫かよ。お前普段、ほとんど日光にあたらないっていうのに、こんな炎天下のなかそんな暑苦しい恰好《かっこう》でいたら倒れるぞ。ほら、水やるから、飲め」

そう言って、腰に提げる水袋を外して差し出すコンラードは、生成《きな》りのシャツにズボンという軽装で、直射日光を避けるために薄い麻の生地でできた外套《がいとう》をかぶっている。ルイスのような見るからに暑苦しいローブは羽織《はお》っていなかった。

ルイスはコンラードから水を受け取り、一気にあおる。水を一口飲みこむたびに、身体に活力が戻ってくるのを実感した。

「コンラード、ありがとう。生き返った」

「おう、元気になったんならそれでいい。それよりも、どうしてこんなところに座り込んでんだ？　今日みたいにカラッと晴れた日は、日光浴には向いていないぞ」

「日光浴、違う。アメリア待ってた」

アメリアと聞き、コンラードの口元がわずかに引きつる。それをルイスは見逃さなかった。

「ねぇ、コンラード。アメリアとなにかあった？」

「な、なにかって、なんだよ。なにもないよ。あるわけないだろう」

コンラードは誤魔化すように視線を逸《そ》らす。それをルイスは「嘘」と言い切ってにらんだ。

「だって、コンラードおかしい。アメリアの結婚、反対しなくなった」

「それは……あいつももう十六だから……ほら、ビオレッタが婚約したのと同じ年だろ？　アメリアにそう主張されてさ。もう結婚してもおかしくないって実感したんだよ」

「確かに、ビオレッタが婚約した歳《とし》、いまのアメリアと一緒。でもそれだけで、コンラード、引き下がらない」

「どうしてだよ！　いくら俺がシスコンでもな、アメリアがいつか嫁に出ていくってことくらいちゃんとわかってんだぞ。思っていたよりも早かったから最初は取り乱したけど、いまはちゃんと納得しているよ」

「確かにそう。でも、急すぎる。絶対なにかあった」

ここ最近、アメリアの様子がおかしいのも、きっとコンラードが関係している。そうにらんだルイスは、逃がさないとばかりにコンラードを見つめる。

逃げ道を必死に探しているのか、コンラードが視線をせわしなく彷徨《さまよ》わせ始めたその時、門の方から馬のいななきが聞こえた。ふたりして視線を向ければ、鈍色《にびいろ》の鎧《よろい》を纏《まと》った騎士が門から伸びる一本道を馬で駆けてきていた。

「ルビーニ家のコンラード様とルイス様とお見受けしました。私はエミディオ王太子殿下の使者、ヒルベルトと申す者です。王太子殿下より親書を預かっております。ルビーニ家の誰かへ手ずから渡すよう命じられました。お受け取り下さい」

鎧を纏っているとは思えない軽い身のこなしで馬から降りた騎士――ヒルベルトは、懐《ふところ》から手紙を取り出し、コンラードへ向けて差し出した。

「それでは、確かにお渡ししましたので、私はこれにて失礼します」

「ご苦労だったな。疲れただろう。中でお茶でも飲んでいってはどうか」

コンラードの誘いを、ヒルベルトは首を左右に振って断る。

「護衛対象がお茶を飲んでいる間に行って戻って来いと上官より命じられているのです。お心遣いだけ、受け取らせていただきます」

本当に時間が惜しいのか、ヒルベルトは挨拶《あいさつ》もそこそこにさっさと馬に乗って帰ってしまった。遠ざかる背中を見つめて、ルイスが「慌《あわただ》しい」とつぶやけば、コンラードは「人使いの荒い上官なんだろうよ。騎士ってのも大変なんだな」と同情していた。

騎士の姿が門の向こうに消えるまで見送ってから、コンラードは受け取った手紙へと視線を移す。赤い封蠟《ふうろう》に刻まれた紋章は、王家の紋章だった。

「王太子からの手紙ってのは、どうやら本当らしいな。ルビーニ家の誰でもいいから渡してこいって、ずいぶん乱暴な指示だが、いったいなにが書いてあるんだ？」

コンラードは封蠟を破り、三つ折りとなっていた紙を広げる。エミディオらしい繊細でありながら流れのある美しい文字で綴《つづ》られた文章に目を通し、コンラードは血相を変えた。

「アメリアの両親が、王都に来ている、だと？」

アメリアの両親と聞き、いまだ階段に腰掛けたままだったルイスは立ちあがり、横から手紙の内容を読む。五日ほど前にアメリアの両親が王都の門をくぐったこと、その後王都を出たという報告がないことから、おそらく王都に滞在していることが書いてあった。

「アメリア……最近、様子がおかしい。五日前、それぐらいから」

「何だと!?　てことは、両親が会いに来たのか？　王太子から直々に関わるなと言われたくせに、あのくそったれ両親め！」

コンラードはエミディオからの手紙をたたみ直すと、ルイスの胸に押しつけるように渡した。

「ルイス、お前は母様にこのことを知らせてくれ！　俺はアメリアのもとへ行く！」

「分かった。アメリア、エバートンの屋敷、向かった」

ルイスは手紙を受け取りながらアメリアの行先を伝え、コンラードは手綱《たづな》を引いたままだった馬に飛び乗る。コンラードの興奮が伝わったのか馬は軽くいないないて足踏みしたあと、コンラードの掛け声に合わせて走り出した。

ルイスはその背中を最後まで見送ることはせず、すぐさま屋敷の中へと入った。

エバートンの屋敷にたどり着いたアメリアは、驚愕《きょうがく》のあまり頭のなかが真っ白になった。

何の前触れもなく勢いだけでやってきてしまったから、通された応接間にエバートンがいて驚いた。忙しい身だから、待たされると思っていたのだ。しかし、そのこと以上にアメリアを驚愕させたのは、エバートンと一緒に、アメリアの両親がいたことだった。

両親とこんなところで出くわすなどと微塵も思っていなかったアメリアは、心構えもなく邂逅《かい》逅《こう》してしまい、屋敷へ来るまでに考えていた様々なことがすべて消え去ってしまった。

数瞬、呆然《ぼうぜん》としたアメリアだったが、両親とエバートンが向かい合ってソファに座るという、明らかになにか話し合いをしていたと思われる情景を見て、アメリアは警戒心をあらわにしてエバートンを見やった。

「どうして、ここに、私の両親がいるんですか？」

問い詰めるアメリアの腕の中で、ブランが「シャァッ！」と牙をむく。どう説明するべきか迷っている風のエバートンを差し置いて、父が「決まっているだろう」と口を開いた。

「今後の俺たちの生活について話し合っていたんだ」

「私はまだ結婚するとは言っていない！」

「お前の気持ちなんぞ誰も聞いちゃいない！　お前はこのエバートンさんと結婚する。これは決定事項だ」

「どうしてよ!?　これは私の人生なのよ。私のことは、私が決める！」

「俺はお前の父親だ。娘の結婚を父親が決めて何が悪い！　誰かの手を借りなきゃ生きていけない子供のくせに偉そうな口をたたくな」

誰かの手を借りなければ生きていけない――その言葉が刺さり、アメリアは言葉を詰まらせる。ルビーニ家に引き取られて四年、いまだアメリアは薬ひとつ調合できない見習い魔術師で、できることと言えば使用人のまねごとくらいだ。それさえも、余計なことだとベアトリスに言われる始末だった。

ルビーニ家の庇護《ひご》がなければ生きていけない、無力で役立たずな小娘だと自分でもわかっている。だからこそ、エバートンとの結婚がどれだけ恵まれたことなのかも、きちんと理解していた。

けれど、だからといって、アメリアの親であることをずっと放棄していた人間が、ここにきて父親面《づら》をしてアメリアの人生の一大事を決めようとするなんて、納得がいかなかった。

「確かに、父さん母さんは私の生みの親だよ。でも、いま私の面倒を見てくれているのはルビーニ家の人たちだ。あの人たちが私に決めろと言ったんだから、父さんたちは口を出さないで！」

「何だと!?」

父親は顔を真っ赤にして立ち上がり、扉の傍に立ったままだったアメリアに向かって大股《おおまた》で近づいてくる。父親が右手を振り上げるのを見て、殴《なぐ》られると思ったアメリアは目をつむって身構えた。

「待ってください。どうか落ち着いて、お父様」

この場にそぐわない落ち着いた声が響き、アメリアを影が覆《おお》う。アメリアが恐る恐る目を開けてみれば、エバートンが父親の前に立ちはだかっていた。

「感情的になっては、話が進みませんよ。とりあえずいまは、落ち着いて座っていただけませんか」

エバートンに対しては強く出られないらしい父は、歯噛《はが》みしながらアメリアをにらみ続けていたが、やがて背を向けてソファへと歩いていった。遠ざかる背中を見つめてほっと息を吐いていると、エバートンが振り返る。父親の暴力から守ってもらえたことなんて一度としてなかったアメリアは、心からの感謝を伝えようとして、

「心配しなくても大丈夫だよ。ご両親の面倒を見るくらい、たいしたことじゃないから。それで君の心が軽くなるなら、安いものさ」

エバートンが発した言葉に愕然《がくぜん》とした。

アメリアの心が軽くなるとは、どういうことだろう。エバートンには、アメリアが両親のことを重荷に感じているように見えたということだろうか。確かにその通りで、アメリアにとっ

て両親は負担でしかなかったけれど、両親の面倒をエバートンが見ることでそれが軽くなるというのは、おかしい。

だって、エバートンが両親の面倒を見るということは、つまり、両親が望む償《つぐな》いをするということだから。

アメリアは、償いがしたいんじゃない。

アメリアが望むのは――

「ほら、君もこっちへ来て、一緒に話そう。いま、ご両親が暮らす屋敷を探しているんだけどね……」

アメリアの手を引いて、エバートンはソファへと戻る。ローテーブルに何枚も広げられた紙を一枚差し出されたので、アメリアが受け取って目を通してみれば、王都内の外れに建つ一軒家についての資料だった。

アメリアはテーブルに広がる書類にもざっと目を通す。一軒家や集合住宅など様々な住居があったが、どれも王都内だった。

「なにこれ……王都に住むの？　村での暮らしは？」

「あんな村に戻るつもりなんてない」

「そうさ。あそこには感じの悪い人間しかいないからね」

『そんなの、自業自得《じごうじとく》でしょ！　精霊が愛するアメリアをないがしろにしたから、精霊からの加護を受けられなくなったんじゃない！』

腕の中でブランが怒鳴る。彼女の叫びはアメリアの惑う心に光を与えたが、続くエバートンの言葉でまた暗い闇に落とされた。

「大人になっても両親の近くにいたい。そう思うのが普通でしょう。会いたいときに会える距離に両親がいてくれた方が、君も安心かと思って」

エバートンがさらりと口にする『普通』が、アメリアにはとうてい同意できそうになくて、そんな自分が恐ろしくなった。

安心？　そんな馬鹿なと思うアメリアは、間違っているのだろうか。

この四年間、両親に会いたいと思わなかったアメリアは、おかしいのだろうか。

アメリアが『普通』でないのなら、両親に愛されなかったのも、世話をしてもらえなかったのも、全てはアメリアのせいだったのだろうか。

だからこそ両親は、そしてエバートンは、アメリアに償いをしろと言うのだろうか。

アメリアの心に、四年前に感じた絶望がこみ上げてくる。

『アメリア？　アメリア、しっかりして！　こいつらの言っていることなんて、間違ってるんだから！』

震えだすアメリアに気づいたブランが必死に呼びかけるも、いまのアメリアには届かない。

アメリアのなかでとうてい許容できないことがあるのに、それを周りが否定する。その事実に打ちのめされ、いつしか自分の考えが間違っているのではとさえ思えてくる。

アメリアの意思なんて、もうどうでもいいのではないか。アメリアが口を閉ざすことですべてがうまくいくなら、両親への償いも、ルビーニ家への恩返しもできるのなら、アメリアの感情なんて、捨ててしまえば――

「アメリア――――！」

獣のような咆哮《ほうこう》が、くじけかけていたアメリアの心に活《かつ》を入れる。はっと我に返ったアメリアが振り返れば、応接間の扉が大きな音を立てて開け放たれた。

勢いよく開いた扉の向こうに立っていたのは、コンラードだった。

扉を蹴破《けやぶ》ったのか、片足を持ち上げた格好で現れたコンラードは、ローテーブルの端で立ち尽くすアメリアを見るなり、駆け寄ってその腕に抱きしめる。野生の獣すら素手で倒してしまう、人間離れしたたくましい腕にしっかりと抱きとめられたアメリアは、まるで世界のすべてから隔離《かくり》されたかのような、不思議な安心感を覚えた。

大丈夫。大丈夫。この腕のなかなら大丈夫。

アメリアを傷つけるものは、もう近づいてこない。

アメリアはコンラードの厚い胸に顔をうずめ、彼の腕にしがみつく。それを見たコンラードは、両親をにらみつけて腹の底から怒鳴った。

「お前ら、ふざけるのもたいがいにしろ！　どうしてアメリアの前に姿を現しているんだ！

王太子にアメリアと会うことは禁止されていたはずだ!!」

王太子と聞いて、エバートンは目をむいてソファから立ち上がる。一方の両親は、ソファに座ったままコンラードを鼻で笑った。

「俺たちはアメリアに会いに来たんじゃない。こちらのエバートンさんに招待されただけだ」

「エバートン！」とコンラードににらまれたエバートンは、「いや、だって、アメリアの両親だから……」と説明し始める。ことの成り行きを聞いたコンラードは、怒りをあらわに両親をにらみつけた。

「生活の援助だと？　自分たちはアメリアを見捨てたくせに、いまさらのこのこやってきてアメリアにたかろうだなんて、恥ずかしくないのか!?」

「恥ずかしい？　なぜ恥ずかしがる必要があるんだ。俺たちはアメリアが生まれてから十二年間、こいつを育てたんだ。アメリアにはその恩を返す義務がある」

「そうさ！　アメリアは私がお腹を痛めて産んだ子だよ。それなのに、アメリアは私たちを捨てて自分だけいい暮らしをしていた。私たちに償って当然だろう！」

「いい加減にしろ！　償い？　義務？　ふざけたことばかり言ってんじゃねぇ。どちらもお前たちがアメリアに払うべきものだろうが！」

コンラードの叫びは、まさにアメリアの思っていたことで、アメリアは胸の奥から何か熱いものが込みあげてくるのを感じた。

「俺が知らないとでも思っているのか？　全部精霊たちから聞いているぞ。幼いアメリアに満足な食事すら与えず、まるでアメリアを召使みたいに扱って、手をあげることだって珍しくなかったそうだな」

エバートンは、両親がアメリアに行ってきた非道についても知らなかったらしく、顔色を悪くしていた。そんな彼を見据えて、コンラードは言った。

「信じられるか？　エバートン。ビオレッタに保護されるまで、アメリアは森の木の実を食べて生きながらえていたんだ。俺たちの家へやってきたころのアメリアは骨と皮しかないやせっぽちな子供だったよ。いつか俺たちにも捨てられるんじゃないかって警戒して、滅多《めった》に笑わなかったな」

「……まぁ、いまも素直に甘えてくれないんだけどな」と、コンラードはアメリアにだけ聞こえる小さな声でぼやいたあと、アメリアの両親を刺し貫く勢いでにらみつける。

「アメリアにお前たちを恨む権利があっても、お前たちには微塵《みじん》もないんだよ。わかったら、さっさとこの王都から出て行け！　二度とアメリアの前に現れるな！」

「い、言わせておけばっ……」

アメリアの父は跳ねるように立ちあがり、アメリアを抱きしめるコンラードへ向け突進する。

父の剣幕を背中に感じ取ったアメリアが身をこわばらせるも、抱きしめるコンラードは動くこともせずただ殴り掛かってくる父を見据えた。

「そこまでだ！」

コンラードの背後から毅然《きぜん》としたベアトリスの声が響き、同時に部屋に飛び込んできた兵士三人によってアメリアの父は取り押さえられた。

コンラードが腕を緩《ゆる》めたことにより、後ろを振り返ったアメリアは、兵士が父だけでなく母もソファから引きずり降ろして床に這《は》いつくばらせているのを、呆然《ぼうぜん》と見つめた。

「アメリア！」

いったいなにが起こっているのか理解できず放心するアメリアに、誰かが腕をつかんで揺さぶり、声をかける。促されるまま視線を上げれば、ルイスが心配そうに見つめていた。

「ルイス、様？」

「アメリア、よかった、心配した！　もう大丈夫。両親、近づかせない」

ルイスはアメリアを勇気づけるかのように彼女の両手を握りしめ、兵士に拘束《こうそく》される両親を見下ろした。そのあまりに冷たいまなざしに、ルイスでもこれほど感情をあらわにして怒ることがあるのだと、アメリアは思わず感心してしまった。

両親は床にうつぶせに倒れ、兵士が両手を拘束して背中にのっかり、身動きを封じていた。

しかしこの状況でも「離せ！」とわめきたてる両親のすぐ目の前に、ベアトリスが立った。

「本当に、口が減らないやつらだのう、お前たちは」

ベアトリスはこれみよがしにため息をこぼし、腰に片手をあてて両親を見下ろした。

「王太子の命令を無視してアメリアの前に現れただけでなく、まだ結婚もしていない娘を頼ろうなどと……ここまで愚《おろ》かな人間がいるとは、知らなんだ」

「うるさい！　魔術師が何を偉そうに……。おい、そこのお前！　拘束するなら俺たちじゃなくてそこの魔術師だろうが！」

「そうよ！　こいつらは私たちから娘を連れ去ったんだ。私たちは娘を取り返しに来ただけだよ！　兵士さん、誘拐犯を拘束しておくれ！」

「よくもまぁ……ペラペラと嘘が出て来るものよのう。ほれ、エバートン。言ってやり。こいつらが言うところの誘拐犯の魔術師と、被害者である両親。どちらの言を信じる？」

「エバートンさん！」と縋《すが》るアメリアの両親と、悠然《ゆうぜん》と答えを待つベアトリスを交互に見たエバートンは、誤魔化《ごまか》すようにへらへらと笑った。

「いやぁ、すみません、ペレスさん。僕、あなたたちが言うところの誘拐犯の甥《おい》っ子なんですよね。さすがに、身内を信じます」

口を大きく開けて唖然《あぜん》とする両親に、ベアトリスは「これで静かになったか」と満足げにうなずいた。

「どうやらお前たちは四年前に罪人となったことをきちんと理解していないようだな。よいか、お前たちは娘であるアメリアに対して、きちんと親の責任を果たしてこなかった。ゆえにアメリアを取り上げられ、精霊の加護も受けられなくなったのだ。すべては自業自得だ」

ベアトリスはアメリアの頭をなでながら、「こんなにかわいくて素直で賢い娘など、そうそうおらんのにのう」と首を傾《かし》げる。

「アメリアが我がルビーニ家で大切に育てられたのも、人として当然の扱いを受けただけだ。それともお前たちは、子供はなにもせずとも勝手に育つとでも思っているのか？」

アメリアの頭から手を離したベアトリスは、両腕を組んで両親を見下ろす。

「娘にした愚かな行いを顧《かえり》みることもせず、被害者である娘に不満をまき散らすだなんて言語道断。金が欲しいなら手切れ金をくれてやる。二度とその阿呆面《あほうづら》をアメリアの前にさらすな。王都へ入ることも禁止する。わかったな」

「魔術師風情《ふぜい》に、そんな権限……」

「あるぞ。アメリアを保護したのは現王太子妃である私の娘だからな。アメリアを預かった際、王太子からお前たちへの対処も一任されておる。今回お前たちが王都へ入ったことも、王太子が教えてくれた。つまりは、お前たちは王太子に行動を監視されている、ということだ」

四年前、両親は二度とアメリアに会わないとエミディオに誓っていた。にもかかわらず、のこのこと王都へやってきたのは、エバートンの財力に目がくらんだことと、自分たちのことなど王太子は忘れているだろうとたかをくくっていたためだろう。それが、実際は監視されていたと知り、両親はいまさらながら自分たちが罪を犯したと気づいたらしい。

青ざめる両親を見下ろして、ベアトリスは嘆息《たんそく》した。

「お前たちの本当の罪は、それ以前――アメリアへの仕打ちにあるのだがな。まぁよい。アメリアの前に現れないのなら、他は目をつぶろう。ほれ、連れていけ」

もう興味はないとばかりにベアトリスが右手を仰《あお》げば、兵士たちは両親を引きずるようにして部屋を出ていった。両親に自分で歩くよう促す兵士の声が遠ざかり、聞こえなくなるのを待ってから、ベアトリスは「さてと」と一言前置いて、いまだソファの傍で立ち尽くすエバートンへと向き直る。

「エバートン。今回のことは、お前の落ち度だ。相手の事情もきちんと調べず、お前の勝手な判断だけで行動するなといつも言っているだろう。悲しいことにな、世の中には、人の親になれぬものもおるのだ」

ベアトリスは視線を落とし、首を横に振った。

「お前としては、アメリアのことを想っての行動だったのだろうが、アメリアがこれまで受けてきた仕打ちを思えば、本人が望まぬ限り会わせてはならなかった。自分の常識だけで物事を考え、アメリアを傷つけたお前に、アメリアを預けることはできぬ。よって、今回の縁談はなかったことにさせてもらう。帰るぞ」

エバートンが何か言う前に、ベアトリスはさっさと背を向けて歩き出してしまう。それに続こうと、コンラードがアメリアを抱き上げた。

「アメリア、俺につかまっておけ。大丈夫だ、すぐに家に着く」

アメリアはコンラードの言葉に素直に従い、彼の首に腕を回して肩に顔をうずめた。エバートンが何か言いたそうに見つめていることに気づいていたが、それに応える余裕がなかった。

屋敷を出ると、一台の馬車が待っていた。客車の扉に草をモチーフにした紋章が掲げられているのを見て、ルビーニ家の馬車だとアメリアは気づく。

ベアトリスとルイスは馬車に乗り込んだが、コンラードはアメリアを客車の椅子《いす》に座らせたあと降りてしまった。

ずっと包んでくれていたぬくもりが離れてアメリアは不安になり、窓から顔を出してコンラードを見る。それに気づいたコンラードは困ったように笑い、アメリアの頭をなでた。

「俺は自分の馬でここへ来たからな。後から追いかける。母様とルイスが一緒だから、大丈夫だよ、アメリア」

アメリアはコンラードの手を取り、頰《ほお》を寄せて「……うん。わかってる」と答えると、窓から離れてルイスの隣に座り直した。

アメリアがきちんと席に着いたところで、コンラードが御者に合図を送り、馬車が走り出す。遠ざかっていくコンラードを窓から見つめるアメリアの手を、ルイスが安心させるように握りしめたのだった。

ルビーニ家へ戻ってきたアメリアは、そのままベアトリスとともに談話室へと入った。ベアトリスはアメリアを談話室中央のひとり掛けソファに座らせると、自らはアメリアが座るソファの肘掛けに軽く腰をおろした。

「さて、と……まずはお前に謝らねばな、アメリア。お前から両親を奪ってしまってすまない」

思わぬベアトリスの謝罪を受け、いまだ心ここにあらずだったアメリアは驚愕《きょうがく》の表情でベアトリスを見上げた。

「どう、して……ベアトリス様が謝る理由なんて……」

アメリアの言葉をさえぎるように、ベアトリスは優しい微笑《ほほえ》みとともに頭を振った。

「どれだけ最低な人間だろうと、あのふたりはアメリアにとって両親だ。それは変わらない。そして、子供というのは、どんな親だろうと心から嫌いにはなれない。そうだろう」

まさにその通りで、アメリアは唇を震わせる。

両親を心から憎めたなら、アメリアはどれだけ両親にののしられようとも、エバートンに諭《さと》されようとも迷わなかっただろう。

アメリアの心のどこかで、両親への期待が残っているから。ルビーニ家のように親子で笑いあえたならと、叶わぬとわかっていながら望みを捨てられないから、アメリアは戸惑い、傷つき、絶望したのだ。

「……ごめ、なさ……ごめんなさい、ベアトリス様。私のために、お金を使わせてごめんなさい。あんな最低な、両親のために……迷惑ばかりかけて、ごめんなさい。もう、迷惑をかけないようにするから。もっとちゃんと勉強して、一日も早く一人前の魔術師になるから……」

ベアトリスの顔を見る勇気がなくて、アメリアはうつむいて謝罪する。ただでさえ役立たずだというのに迷惑をかけて、さらにはせっかくの縁談も白紙となり、アメリアは捨てられても仕方がないと思った。

「アメリア、アメリア。顔をお上げ」

恐怖におののくアメリアの頬を両手で包み、ベアトリスはアメリアの顔を上げさせる。涙でにじむアメリアの視界に、ベアトリスの変わらぬ優しい笑顔が歪んで見えた。

「私はな、アメリア。お前を本当の娘だと心から思っているんだよ。お前が私たちに遠慮《えんりょ》しているのはわかっている。いつか捨てられるかもしれないという恐怖から、魔術師として一人前になりたいと焦っていることも知っている。だがな、アメリア。そんなことはどうでもいいんだよ。娘を愛するのに、理由なんていらないんだ。ただそこにいるだけで、私はお前が愛《いと》しいんだよ」

「愛、しい？」

「あぁ、そうだ。実は私は、もうひとり娘が欲しかったんだ。しかしビオレッタがあんなことになってしまい、四人目を考える余裕がなかったのだ。そうしたら、ビオレッタがアメリアを連れてきてな。その時思ったんだよ。アメリアが私の四人目の子供だったんだとな」

「……でも、それ、理屈がおかしい」

必死に涙をこらえながらもきちっと主張するアメリアに、ベアトリスは笑みを深めた。

「そうか、おかしいか。だがな、本当にそう思ったんだよ。誰がなんと言おうと、お前は私の娘だ、アメリア」

アメリアはとうとうこらえきれなくなり、声を上げて泣き出す。そんな彼女を、ベアトリスはしっかりと抱きしめた。

「お前がここにいたいと思う限り、いていいんだよ。なぁに、無理に嫁に行かずとも一生ここにいればいいんだ」

「それは、無理……結婚したいっ、もん……」

「そうか、結婚したいのか。私としてはずっと傍にいてほしいがのう。アメリアがそう望むならしかたがないのう。またいい相手を探してくるか」

「いい人、見つけてっ……ルビーニ家にとって、いい人！」

「お前はまたそうやって考える……だが、そういう相手を見つけてきた方がお前の心が楽になるんだろうな。よし、わかった。お前が安心して嫁《とつ》げる相手を見つけてやろう」

ベアトリスならば、必ず連れてくることだろう。アメリアはなんだか少し楽しみになってきて、「よろしくお願いします」と笑ったのだった。

ベアトリスと別れたアメリアは、厩《うまや》へと向かった。目的の人物は、ここ数日間、へばることなく走り続けた愛馬の世話をしていた。

「コンラード様」

アメリアが声をかけると、愛馬の鹿毛《かげ》にブラシをかけていたコンラードはその手を止めて振り返った。

「おう、アメリア。こんなところまでわざわざどうしたんだ」

狭い厩の中で、コンラードと彼の愛馬が並ぶ姿はとても窮屈《きゅうくつ》そうで、入ることをためらったアメリアは柵《さく》の外からコンラードへと話しかけた。

「うん、あのね、コンラード様にきちんとお礼が言いたくて。あの時、私を助けに来てくれてありがとう。私の気持ちを伝えてくれて、ありがとう」

アメリアが一番弱っていた時に、駆けつけてくれたのはコンラードだった。すべてから守るように、弱り切ったアメリアをその腕で包み込んでくれたのは、他ならぬコンラードだった。

必ず守る――その言葉を体現して見せたコンラードに、アメリアがどれだけ救われたことか。

コンラードはブラシを籠《かご》へ放り投げ、両手を払うと、アメリアのもとまでやってきて彼女の頭に手をのせた。

「お前を守るのは、俺の役目だからな。なんてったたって、俺は——」

「私のお兄ちゃんなんでしょ。もう耳にタコができるくらい聞いたよ」

お決まりの文句をさえぎり、アメリアは茶化してみせる。いつもならそこで話が終わるのに、今日のコンラードはまじめな表情を作って言葉を続けた。

「アメリア、よく聞けよ。俺はお前のことを、本当の妹だと思っている。だから、何があっても俺はお前の傍にいるし、お前を守る。お前は俺の家族だ」

「家族、妹……」と目を見開くアメリアをじっと見つめ、コンラードは大きくうなずく。

「そうだ。妹だ。いつかお前もビオレッタのように誰かの嫁になって、この家を出ていくのかもしれない。でも、お前が俺の妹である事実はなにがあっても変わらない。安心しろ」

その言葉に偽りはないとばかりに、コンラードは朗《ほが》らかに笑う。晴れ渡る真夏の青空のようなカラッとした笑顔が、アメリアにはなぜだがひどく残酷《ざんこく》に思えた。

一度妹と認識した相手を女性としてみるのは難しい。

いつか聞いたエバートンの言葉が頭の中で何度も響く。そのたびに、アメリアの心がじくじくと痛み、鼻の奥がつんと痛んだ。気を抜けば泣いてしまいそうになったアメリアは、決して泣くまいと心に活《かっ》を入れた。

「……本当に、今日はありがとう。それを伝えたかっただけだから、もう戻るね。ごめんね、仕事の邪魔をして」

渾身《こんしん》の笑顔が果たしてうまくできていたのか、アメリアには自信がない。コンラードがなにか返事をする前にアメリアは厩から去ったため、いまさら確かめるすべもなかった。

厩から出るころには、アメリアの頬《ほお》は涙で濡れていた。ぬぐってもぬぐっても涙があふれ続けるため、このまま屋敷に戻れないと思ったアメリアは、屋敷の端を回って裏庭の温室へ逃げ込んだ。

通路を無視して草をかき分け、奥へと進み、適当な木の根元へ座り込む。膝を抱えてうつむけば、たとえ誰かが通りかかったとしてもアメリアが泣いているなんて気づかないだろう。このまま声を殺して泣いて、泣ききったなら、またいつもの自分に戻れるはずだ。

『アメリア、どうしたの？　なにがそんなに悲しいの？』

ブランがアメリアの足元を歩き回る。心配する彼女にこたえたいのに、いま声を出せば嗚咽《おえつ》が漏《も》れ出てしまいそうで、アメリアは何も言えなかった。

『アメリア……ごめんね。私、アメリアを守れなかった。両親から、絶対守るって決めてたのに。四年前と一緒。アメリアの心を守れなくて、ごめんなさい』

アメリアは慌てて顔を上げる。アメリアの足元にお座りするブランが、自分と同じように涙をこぼしていた。

「ブラン……ごめっ、ごめんね」

アメリアはすぐさま両手を伸ばし、ブランを胸に抱きしめた。

「ブランは悪くないよ。ちゃんと、声は聞こえていたもの。ブランは四年前もいまも、私を守ろうとしてくれた、ちゃんとわかってるよ」

『でも、私、なにもできなかった……』

「なにもしなくていいよ。傍にいてくれるだけで。ブランがいるから、私は今日まで生きてこられたんだよ」

『アメリア……私、ずっとずっとアメリアの傍にいるからね』

アメリアがブランの顔を覗《のぞ》き込んでうなずくと、ブランはアメリアの濡れた頬を舐《な》める。ブランの舌は本物の猫と同じようにざらざらとしていて、少し痛くて思わず笑いが込み上げた。

「アメリア？　そこにいるの？」

不意に背後から声がかかり、驚いたアメリアはブランを落っことして抱えた膝に顔をうずめた。アメリアがなにも答えなかったというのに、声の主はこちらへと向かっているらしく、草をかき分ける音が近づいてきた。

「アメリア、やっぱりいた」

木の幹の向こう側からひょっこりと姿を現したのは、ルイスだった。

木の根元に座りこみ、立てた膝に額をのせたまま顔を上げようとしないアメリアと、たったいま落ちましたと言わんばかりにアメリアの足元であおむけに転がるブランを見たルイスは、アメリアの隣にしゃがんだ。

「アメリア、どうしたの？　顔、見せられない？」

泣き顔を見せたくなかったアメリアは、うつむいたままうなずいた。ルイスはどうしてと問いかけることもなくしばらく沈黙し、その場に腰をおろしてきちんと座り直した。

「そのままでいい。でも、なにかあったなら、教えて。俺、アメリアの力になりたい」

なにがあったのか、アメリアには説明できそうにない。アメリア自身、さっきコンラードが発した言葉のどこに泣いてしまうほど動揺《どうよう》したのかわかっていないのだから。しかし、いつまでも黙っているわけにはいかない。研究バカなルイスは普段から待つことに慣れているため、アメリアが事情を話すまで、何時間でもここで待っているだろう。

「ルイス様は、本当に優しいよね。ルイス様だけじゃない。ベアトリス様も、エイブラハム様も……コンラード様も。ルビーニ家の人はみんな優しい。私みたいな役立たずを、本当の家族として扱ってくれるんだもの」

「アメリア、役立たず、違う。でも、もしそうだとしても、関係ない。家族だから、一緒にいるし、悩んでいたら、力になりたい」

不思議なことに、ルイスが紡《つむ》ぐ言葉はアメリアの心に優しく染み渡った。コンラードと変わらないのに、ルイスが話す『家族』という言葉は、アメリアの心の奥底の氷を溶かすような、不思議な温かさがあった。

「……私ね、ルビーニ家のみんなに、すごく感謝しているんだ。でもね、どうしても思っちゃうんだよ。私に大切にされる価値なんてないって」

「アメリア……」

「みんなが見返りなんて求めていないって、わかっているの。善意から、私を家族に迎え入れてくれたって。それでもやっぱり、なにもできない自分が情けなくなる」

エバートンはそれを『負い目』だと言った。負い目だなんておこがましいと思っていたけれど、はたから見れば負い目なのかもしれない。

「エバートンさんとの結婚話が出てきて、いろいろと話を聞いて、私思ったの。この人と結婚すれば、ルビーニ家に少しでも恩返しができるのかなって。みんなは私の気持ちを優先しろって言ってくれたのに、私は、打算だけで結婚を考えてた。それってさぁ……私の両親と変わらないよね」

アメリアはようやっと顔をあげ、涙は見えなくとも腫《は》れぼったい目元で、悲しく笑う。笑うしかない。だって本当に、両親と一緒だったから。

自分たちの生活の面倒を見てもらおうとした両親。

ルビーニ家を手助けするための力を借りようとしたアメリア。

「私も両親も、エバートンさんと結婚するんじゃなくて、あの人が持っているお金や権力と結婚しようとしていた。これって、すごく失礼なことだよね」

「そんなことない。貴族の結婚、みんなそんなもの。エバートンだってわかってる」

ルイスの言う通りかもしれない。自分との結婚がいかにアメリアの利益となるか、エバートンは何度も説明してくれた。エバートンとしても、ルビーニ家との縁を深めたいと言っていたし、もしかしたら、お互い様だったのかもしれない。

「そうだとしてもさ、やっぱり、自分で自分が嫌になる。だって、こんなことになったいまでも、結婚するなら、ルビーニ家にとって利をもたらす人がいいなって思っているんだもの」

エバートンのような交易商とまではいかなくとも、王都内のどこかの薬草店にでも嫁にいけないだろうか——などとぼんやり考えていると、そんなアメリアをじっと観察していたルイスが「アメリア」と強い声で呼んだ。

有無を言わせぬ迫力に気圧《けお》され、アメリアがすぐさま振り向けば、普段はおっとりと緩《ゆる》んだ目元を引き締めたルイスと目が合う。常々半分ほど瞼《まぶた》の下に隠れていた漆黒《しっこく》の瞳がしっかりとアメリアをとらえており、こうやって真面目《まじめ》な顔をすれば、ルイスも十分きれいな顔をしていたんだな、などとアメリアは頭の片隅で思った。

「アメリアが負い目、感じずに、俺たちの家族になる、方法。ある」

泣き疲れたのか、アメリアはルイスの言葉に「それってどんな方法?」となにも考えずに問いかける。そんなアメリアをひたと見つめて、ルイスは言った。

「俺と結婚、すればいい。アメリア、前言った。アメリアと結婚できるかって。あの時の答えは、できる、だよ。俺、アメリアの、お兄ちゃん。でも、アメリアのこと、女の子としても、好き。だから、結婚できる」

　ルイスの言葉を聞くうち、もともとぼんやりとしていたアメリアの頭が真っ白になっていくのがわかった。どうでもいいようなことをだらだらと考えていた頭が白く塗りつぶされて、まっさらな空間に、ルイスの言葉がこだまする。

「けっ、けけけ、結婚!?　私と、ルイス様が!?」

「そう。結婚すれば、本当の家族」

「か、かぞっ、家族。確かに、そうだけど……」

「俺、本気。だからアメリア、ちゃんと考えて」

　ルイスはアメリアの頭をポンポンとなでると、立ち上がってその場から去っていった。草木をかき分ける音が遠ざかり、やがて温室の扉が開く音が聞こえる。ぱたんと閉じる音を最後に静寂に包まれた温室内で、アメリアの足元でずっとお座りをしていたブランが、全身の毛を一回り膨《ふく》らませながら、言った。

『アメリア、モテ期！』

　なんとも他人事《ひとごと》すぎる言葉を受け、アメリアはその場に頽《くずお》れたのだった。

第三章　アメリアは、ルビーニ家の嫁です。

ルイスからの突然の告白から一晩が経ち、アメリアは自室のドアの前で思い悩んでいた。

『アメリア？　そんなところに突っ立ってないで、早く朝食を食べに行こうよ。お腹すいてないの？』

足元のブランの催促《さいそく》に、アメリアは「うん……すいているんだけどね」と答えるにとどめる。

正直に白状すると、アメリアはとてもお腹をすかせていた。昨日はルイスと別れてからアメリアは部屋にひきこもり、あまりのいたたまれなさからベッドの奥に潜り込んで、そのまま朝まで眠ってしまったのだ。つまり、夕食を食べていなかった。昨日はびっくりしたり泣いたりと忙しかったため、余計にお腹がすいている。

しかし、食堂へ行けばルイスと顔を合わせることになるだろう。どんな顔をして会えばいいのかわからないアメリアは、いっそのことこのままひきこもってしまおうかと考えて、それはできないと頭を振る。

昨日、あんなことがあったのだ。アメリアがひきこもれば、ルビーニ家の面々は心配するだろう。とくにルイスなどは、自分のせいかと責任を感じるかもしれない。

「……いや、実際ルイス様のせいなんだけど。というか、あれだ。いろいろあって忘れていたけど、コンラード様ともいろいろあったじゃない。あぁ、もう、私ってばなにやってんのよ」

最近のごたごたですっかり忘れていたが、アメリアはコンラードとキスをしていたのだった。

「そうだ、ブラン！　昨日、私が夕食に現れなかったでしょ。みんな、心配してなかった？」

『大丈夫だよ？　疲れて眠ってるって、私が伝えておいたから！　わざわざ食堂まで行ってベアトリスに教えたんだよ。えらい？　えらい？』

「えらい！　天才！　さすがブラン！」

アメリアが褒《ほ》めちぎると、ブランは『うふふっ、そうでしょ』とアメリアの足に身体《からだ》を擦りつけた。

ブランの機転のおかげで、昨夜はルビーニ家の人々の心をそれほど煩《わずら》わせずにすんでいる。だったら、ここは下手《へた》にひきこもらずに思い切って食堂へ向かい、ルイスと顔を合わせてしまった方が得策だろう。

「下手に引き延ばせば、余計に会いづらくなるよね。それに、考えてって言われたんだから、つまりまだ考える猶予《ゆうよ》があるってことだよね。うん、大丈夫、大丈夫」

アメリアは自分を洗脳するかのように何度も「大丈夫」とつぶやき、高所から飛び込む覚悟で部屋の扉を開け放ったのだった。

食堂には、すでに全員がそろっていた。珍しく、誰もひきこもらずに勢ぞろいした食堂に、最後に足を踏み入れたらしいアメリアは、その場にいる全員の注目を一斉に浴びて、思わず立ちすくんでしまった。

「あぁ、アメリア。今朝は出てこられたんだね。おはよう」

いつもは最後に現れるエイブラハムが、すでに席に着いた状態でアメリアに話しかける。その声で金縛《かなしば》りから解き放たれたアメリアは、そそくさと定位置であるベアトリスの隣に腰掛けた。

「ふむ、元気そうでなによりだ。やはり、睡眠が一番の癒《いや》しだな」

右隣のベアトリスが、アメリアの顔を観察するように見つめて冷たい美貌《びぼう》をほころばせる。心配させたんだなと実感して、アメリアは嬉しいような、申し訳ないような、複雑な気持ちになった。

「持っていった夕食に手をつけていなかったのを見たときは心配したぞ」

「ブラン、心配ないって言った。本当だったね」

『当たり前でしょう。アメリアのことは、私が一番わかっているんだから』

テーブルを挟んで向かいには、コンラードとルイスがブランと会話している。ふたりの視線を真正面から受け止めたアメリアは、あまりのいたたまれなさに逃げ出したくなった。しかし、ここで逃げるわけにはいかないと、ぐっと腹の奥に力を込めて耐える。

この朝食さえ切り抜けることができれば、それぞれの仕事に戻るだろう。アメリアもベアトリスの仕事の補佐で忙しいため、ルイスともコンラードとも顔を合わせずにすむはずだ。昼食でまた顔を合わせることになるが、一度乗り越えてしまえば幾分か気持ちに余裕が生まれる……はず！

などと考えながら黙々と食事をするアメリアを、向かいの席から見ていたルイスは、手を止めて「母様」と口を開く。

「ちょっと、相談があるんだけど」

ルイスがベアトリスに相談、と聞き、アメリアはのんきにも珍しいな、と思った。ルイスの相談と言えば、薬の調合に関することばかりだったため、普段はベアトリスではなくエイブラハムに相談していたのだ。

それが、ベアトリスに持ちかけるだなんて、いったいなにを悩んでいるのだろう。

そこまで考えて、アメリアはある可能性に気づく。が、遅かった。

「俺、アメリアと結婚したい、いい？」

ルイスの爆弾発言を受け、エイブラハムは口を開けたまま動きを止め、コンラードは持っていたフォークを落として耳に痛い音を奏《かな》で、アメリアは言っちゃったよとばかりに両手で頭を

抱えるなか、

「なるほど、その手があったか」

ただひとり、ベアトリスは感心した。

「ルイスとアメリアが結婚すれば、アメリアは名実ともに私の娘となる。でかしたぞ、ルイス。名案じゃないか！」

「ちょ、ちょちょちょちょっと待てぇ！　ルイスとアメリアが結婚って、なんだ!?　ふたりは兄妹だろうが！」

我に返ったコンラードが、テーブルを叩きながら立ち上がる。

「コンラードの言う通り、俺、アメリアのお兄ちゃん。でも、血はつながっていない。だから、結婚、問題ない」

「いやいや、ありだ。大ありだ！　アメリアはいつか嫁に出すって言っていたじゃねぇか」

「確かに言ったが、誰のもとへ嫁《とつ》がせるかはまだなにも決まっておらんからの。ルイスが相手でも構わないだろう」

「いや、だって、アメリアは妹だって……俺たちで守ってやってくれって精霊たちが……」

「俺、言われていない。精霊の声、聞こえないから」

しれっと言い切るルイスに、コンラードはあんぐりと口を開けて固まる。ベアトリスはそんなふたりを見て、ため息をこぼした。

「なにがそんなに気に食わないのだ、コンラード。ルイスとアメリアが結婚すれば、アメリアがこの家を出ていくこともなくなり、お前とは本当の兄妹になれるのだぞ。お前にとっても喜ばしいことだろう」

「それは、そうかもしれないが……」と、コンラードは苦々しい表情で言葉に詰まる。まるで何かを探すように視線を彷徨《さまよ》わせ、斜め向かいのアメリアと目が合うなりカッと目を見開いた。

「そうだ！　アメリアの意思はどうなんだよ!?　あれだけさんざんアメリアの意思を尊重するとか言っておきながら、無視して話をまとめるつもりじゃないだろうな」

　コンラードに詰め寄られたルイスは不愉快そうに目を細め、「そんなこと、するわけない」と答える。

「だったら、アメリアが了承したのか!?」

　突進してきそうな勢いでコンラードはアメリアへと振り返る。テーブルを挟んでいるというのに、あまりの迫力に圧倒されたアメリアは、軽く身を引きながら「してないよ！」と首を細かく横に振った。

　あからさまに安堵《あんど》の表情を浮かべるコンラードを見て、ルイスは唇を尖らせた。

「アメリアには、ゆっくり考えてもらう。その前に、母様たち、認めてもらいたかった。じゃないと、アメリア、きちんと考えられない」

　昨日の今日でとんでもないことをしでかしてくれたルイスの真意を知り、アメリアは半分納得して、半分憤《いきどお》った。

アメリアにきちんと考えてほしいと言いながら、ベアトリスの反応やエイブラハムの表情を見る限り、断る、という選択肢《し》がすでになくなっているような気がするのだ。こんな状況で断ろうものなら、アメリアはルビーニ家を出ていくしかないだろう。しかし、過保護なルビーニ家の面々が、アメリアが結婚以外の理由でルビーニ家を出ていくことを認めるかどうか……。

あぁ、詰んだな——と、アメリアはどこでもない遠い彼方《かなた》を眺めたのだった。


衝撃的だった朝食を終え、アメリアがベアトリスの補佐を行っていたころ——

「いらっしゃい、コンラード。来ると思った」

コンラードは、ルイスの部屋を訪れていた。ルイスは言葉のとおりコンラードの訪れを予想していたらしく、いつもは研究機材でごった返している作業台を片づけ、ふたり分の茶器まで用意していた。

「お茶、淹《い》れる。座って」

すぐにでも要件を伝えたかったたが、せっかくここまで用意してくれたものを無下《むげ》にはできず、コンラードは渋々勧められた席に座る。

ルビーニ家で暮らす者には、すべからく私室兼研究室を与えられる。部屋の半分が研究室、もう一方がベッドなどの生活空間となっており、朝から晩まで研究できる仕様だった。

身体を動かすのが趣味であるコンラードの場合、生活空間に所狭しと身体を鍛えるための器具を置いている。ルイスの部屋は、ベッド以外のすべてが研究の資料や備品で埋められていた。

薬草の本や、今までの研究課程が記された書類、ここは薬草保管庫かと言いたくなるほど多種多様に揃《そろ》う薬草たち。窓には常に暗幕が張られ、昼も夜も関係なく燭台《しょくだい》には火が灯ってい る。

カップにお茶が注がれるのをぼんやりと見つめながら、ルイスの作業台が片づいているのを初めて見たな、とコンラードは思った。差し出されたカップを受け取って口をつけてみれば、果実のような爽《さわ》やかな香りが鼻を抜け、ほんのりと優しい甘さが口に残った。

「この香りは……ネギナ草？」

「そう。ネギナ草のお茶。作ってみた。ネギナ草、抽出液、目に入れると涙出る。でも、香りだけなら、心が落ち着く」

「なるほどな。ただ乾燥させただけのネギナ草を煮出《にだ》した抽出液は飲めたものじゃないからな。ところで、これ、飲んで大丈夫なのか？」

「大丈夫。何度か試飲《しいん》した。ネギナ草、毒素ない」

「毒素がなくても、加工するうちに変な効能とか出てきたりするからさ。念のために聞いただけだよ、そんな顔するな」

信用できないのか、と言わんばかりのルイスに、コンラードは「悪かったって」と言いながらお茶を飲み干す。空《から》になったカップに、ルイスはすぐさまお代わりを注いだ。もっと飲みやがれ、という意味だろう。

「ところで、なんでわざわざネギナ草でお茶を作ったんだ?」

「アメリア、ぐるぐるいろんなこと考えて、悩んでる。だから、寝る前にでもこれ飲んで、少しだけでいい、ほっとしてほしい」

ルイスはカップの中で揺れるお茶を見つめながら、優しく微笑《ほほえ》む。

いくら普段から薬を作っているとはいえ、お茶を作るというのは簡単なことではない。発酵《はっこう》させるのかさせないのか、火をいれるのかいれないのか、一言にお茶と言っても様々な製法がある。その無数に広がる選択肢の中から、ネギナ草に一番合った製法を探し出すのだから、考えるだけでも気が遠くなる作業だった。

「……なぁ、アメリアのこと、本気なのか?」

心が落ち着くというお茶を飲んだからか、それとも、ルイスのアメリアへの愛情を目《ま》の当たりにしたためか、血気盛んに乗り込んできたのが嘘のように、コンラードは静かに問いかけた。

カップから視線を上げたルイスは、コンラードの真剣なまなざしを正面から受け止めて、うなずく。

「本気だよ。俺、アメリアが好き」

「妹じゃ、なかったのかよ」

「妹だよ。それも本当。でも、本当の妹じゃない。だから、ずっと特別だった」

「特別？」と怪訝《けげん》そうな表情を浮かべるコンラードへ、ルイスは「そう」と首を縦に振る。

「好きになったの、いつかわからない。けど、アメリアにとって、俺は優しいお兄ちゃん。だから、俺は気持ち、伝えるつもりなかった」

「だったら、どうして結婚するなんて言ったんだよ」

「アメリア、この家、出たくない。でも、いつまでもここにいちゃ、だめって思ってる。だったら、ずっとこの家にいられるよう、すればいい」

「……それが、お前との結婚だってのか」

「そう。俺、アメリアが、好き。いつも居場所、探してる。だから、アメリアの居場所、作りたい。誰も作れないなら、俺が作る。アメリアを幸せにしたい」

アメリアは居場所を探している――それは、コンラードも感じていることだった。初めて会ったとき、アメリアはまるで野良猫のように警戒心でいっぱいな少女だった。精霊から彼女のこれまで置かれていた現状を知ったコンラードは、アメリアを安心させたくて、ビオレッタ以上に構い倒し、ことあるごとに自分はアメリアのお兄ちゃんだと言い聞かせた。そうすれば、文句を言いながらもアメリアは笑ってくれたから。

だけど、いつからだろう。最近は、アメリアを妹として扱うたび、どこか寂しそうに笑うようになった。

「ただ、妹ってだけじゃ……アメリアは、安心できないんだろうか」

「娘は、いつか結婚して、家を出ていく。アメリア、そう思ってる」

「まぁ、確かに、それが世間一般の考えだろうけどよ。魔術師では、一生独身を貫く女の人も少なくないけどなぁ」

「アメリア、調薬できない。だから余計に、結婚するしかないって、思ってる」

調薬なんてできなくとも、アメリアには魔術師を管理する才能がある。あの若さでベアトリスの補佐をきっちりやってのけるのだ。ベアトリスが第一線を退くころには彼女をしのぐ女傑《じょけつ》になっていることだろう。

十二歳でルビーニ家へやってきて、たった四年でベアトリスの右腕にまで成長する。驚異的な成長は、そのままアメリアの不安を表していた。

「俺、アメリアが大切。だから、アメリアが幸せになれる居場所、他に見つけたなら、それでいいと思ってる」

ルイスは手元で弄《もてあそ》んでいたカップを作業台に置き、コンラードの空色の瞳をはたと見つめる。

「でも、他に誰も、アメリアを幸せにできないなら、俺がアメリアを幸せにする。俺がアメリアの、居場所になる」

立ち向かってくるかのようなまなざしと言葉。初めて見せたルイスの苛烈《かれつ》さを、コンラードはただ受け止めるしかできなかった。


ルイスの結婚宣言から数日が過ぎた。

アメリアの予想に反して、ルイスとの結婚を強く勧めてくる人はいなかった。あれほど分かりやすい期待のまなざしで見つめていたというのに、ベアトリスもエイブラハムも、アメリアに対していつも通り接してくれている。他の魔術師も、時々仕事を手伝う使用人のみんなも、誰ひとりとしてアメリアにルイスのことについて根掘り葉掘り聞こうとする者はいなかった。

ただ、全く変化がなかったかというと、そうでもない。

まず、コンラードが挙動不審になった。前々からシスコンをこじらせて不審者一歩手前な行動を繰り返してきたコンラードだが、最近はアメリアを避けているのか周りをちょろちょろしなくなった。時折用があってコンラードを見つけ出して声をかければ、そわそわと落ち着きがなく、視線も合わせようとしない。要件を聞くなり脱兎《だっと》のごとく逃げていく状態だった。

アメリアとキスをしてもさほど動揺《どうよう》しなかったというのに、ルイスとの結婚話が出たとたんにこれほどまでに取り乱すとは、一体どういうことなのか。やっとアメリアを妹ではなく女の子だと認識したのかもしれないが、それはつまり、アメリアとのキスよりもルイスとの結婚の方がコンラードにとって衝撃的だったということだろうか。だとしたら、女としてとても複雑な心境になった。

「そういえば、アメリアさん、ご存知ですか？　最近、王都では光の巫女《みこ》様欠乏《けつぼう》症、などという言葉をよく耳にするんですよ」

薬草の納品に来た婿殿《むこどの》が、薬草保管庫の手伝いをするアメリアに話しかけてくる。彼が仕事中のアメリアに話しかけてくるのはいつものことなので、適当に相槌《あいづち》を打とうと思っていたが、さすがに今日の話題は無視できなかった。

「光の巫女様欠乏症って、いったいなんですか？」

「巫女様が出産に伴《ともな》い、表舞台から一時的に遠ざかっているでしょう。あのお方の美しさにあてられた方々が、巫女様に会いたいとそれはもうはげしく嘆《なげ》いているんですよ」

ビオレッタは見るものの正気を失わせるほどの美女だ。ビオレッタがひきこもりとなってしまった事件も、彼女が美しすぎるがゆえに起こってしまった不幸な出来事だった。だから、婿殿の話は大げさなどではなくまぎれもない事実なのだろう。

「で、そんな少々物騒な時期に、コンラード様はどうしていらっしゃらないんですか？　今日は扉の向こうにも姿が見えませんよ」

婿殿はアメリアの背後——薬草保管庫の扉へと視線を伸ばしながら問いかける。

「たまにはいないときもあるでしょう。私の周りには常にコンラード様がいるわけじゃないんだから」

詳しい話をしたくなくて、アメリアが適当にはぐらかすと、婿殿は「それ、本気で言ってます？」と目をむいた。

「アメリアさんの傍にコンラード様がいないなんて、初めてですよ」

「そんなことないですよ。だって、コンラード様は時々旅に出ていますし」

「そういうときは、アメリアさんは薬草保管庫に現れませんよ。たいてい、ベアトリス様の傍で忙しく働いていています」

指摘されて、はたと気づく。そういえば、コンラードが旅に出ている間、アメリアはベアトリスの補佐やエイブラハムの手伝いで忙しいかもしれない。

『コンラードったら、自分の目が届かない場所でアメリアに男が近づかないよう、いろいろと根回ししていたのね！　そこまでいくと、心配性を通り越して独占欲の塊《かたまり》みたい！』

ブランの言う通りだ。たかだか薬草保管庫でほんの少し婿殿と会話することすら許せないだなんて、まるで婿殿に嫉妬《しっと》しているみたいじゃないか。

「おや、アメリアさん、顔が赤くないですか？　もしかして、熱でもあります？」

自分でも顔に熱が集まっていると自覚していたアメリアは、慌てて両手を頬《ほお》に当てて隠す。

そんなアメリアの額へ、婿殿は手を伸ばし――

「だめ。アメリア、触らないで」

婿殿の手から引き離すように、背後から伸びてきた腕がアメリアを包み込む。けれど、背中に感じるのは、いつもより骨ばった身体《からだ》だった。

「おやおや、ルイス様、ご無沙汰《ぶさた》しております。まさかここでルイス様が割り込んでくるとは思いませんでした」

コンラードと同じように、アメリアを背後から抱きしめるルイスを見て、婿殿は驚きはしたものの冷静に挨拶《あいさつ》をする。そんな婿殿を、ルイスは挑むようににらんだ。

「アメリア、渡さない。だから、あきらめて帰って」

「ル、ルイス様!?」

「これはこれは……驚きましたね。まさかルイス様がそんなことを言うとは」

婿殿は目を瞬かせながら大きくうなずく。

「ここは素直に退散しましょう。ではアメリアさん、なんだか大変そうですが頑張ってくださいね。ごきげんよう」

婿殿は丁寧《ていねい》に深く頭を下げてから、薬草保管庫を出ていってしまう。その背中を呆然《ぼうぜん》と見つめていたアメリアは、ルイスの手が緩《ゆる》んだことで我に返り、すぐさま後ろへ振り返った。

「ルイス様！　もう、ルイス様までコンラード様みたいなこと言わないで。あの人は私になんの興味も抱いてないよ」

「そんなことない。前から、婿殿、あざとくアメリアの周り、うろちょろしてた」

「あ、あざとくって……」

「ずっと、アメリアを守るコンラード、見てた。だから、今日、俺がアメリアを守れて、うれしい」

ルイスはそう言って、はにかむように、それでいてどこか誇らしげな笑みを浮かべた。

いつもどこか上《うわ》の空《そら》だったルイスの、真正面からさらけ出すような、光のようにまっすぐな好意を向けられ、アメリアは黙って顔を赤くするしかできない。

結婚宣言をしてからというもの、ルイスがとても積極的になった。距離感が近いと前から思っていたが、それに加え、アメリアへの好意を惜しげもなく伝えてくるのだ。その方法は言葉だけでなく、表情や仕草、アメリアに触れる手など、いろんな方法で、飽きることなく伝えてくれる。

おかげで、最近のアメリアは甘いもの要らずになった。めまいがしそうなほどの甘さをルイスが提供してくれるからだ。

このままではいつか胸やけを起こしてしまうと危惧《きぐ》したアメリアは、専門家から助言をもらうことにした。

「過度に甘い愛情表現を受け流す方法？」

甘すぎる愛情を受け止める専門家――ティファンヌは、瞬きをしながら首を傾《かし》げた。ティファンヌの夫であるレアンドロは、ビオレッタやディアナに『お砂糖の騎士』と呼ばれるほど甘ったるい愛情を妻に注ぎ続けているのだという。

レアンドロの甘すぎる愛を三年間受け止めてきたティファンヌは、「そうねぇ」とつぶやいて、レモン水を口にする。妊娠《にんしん》四カ月に入り、ひどすぎるつわりも多少は落ち着いてレモン水さえ手放さなければ出歩けるようになったティファンヌは、ビオレッタの部屋で定期的に開催されるお茶会に顔を出すようになっていた。アメリアはティファンヌに会うため、王城のビオレッタの部屋を訪れたのだった。

「受け流す方法と言われても……慣れ、としか言いようがないわ。私も最初は戸惑ったのだけど、長く続くとそれが普通になるのよ。恐ろしいことに」

「そ、そんなぁ～……」と、アメリアはテーブルに突っ伏す。丸いテーブルを挟んで斜め隣に腰掛けるティファンヌが「力になれなくてごめんなさいね」と謝ると、アメリアの向かいに腰掛けるディアナがため息とともに頭を振った。

「ティファンヌに助言を求めても無駄よ、アメリア。だってこの子はレアンドロを愛しているんだもの。好意をもっている相手に好意を向けられて、戸惑いはしても不快には思わないのよ」

「不快、とまでは思っていないんですけど……」

「でも、困ってはいるのよね？」

アメリアは素直にうなずく。ルイスのことは嫌いじゃない。だから、好意を向けられること自体は恥ずかしく感じても嫌ではない。ただ、同じ好意を返せないことが申し訳ないのだ。だからといって、罪悪感からルイスに合わせて心を変えようとするのも間違っている気がする。

「私は、ルイス様が大切だから……ちゃんと、誠実な気持ちで向き合いたいの」

ルビーニ家への恩を思えば、ルイスから妻にと望まれれば、それに従うべきなのだろう。でも、それはなんだか、まっすぐに愛情を与えようとしてくれるルイスに対して、失礼であるように思えるのだ。

「アメリアは素直な子ね。だからルイス様もあなたに惹《ひ》かれたのでしょう」

ディアナの評価に、アメリアは曖昧《あいまい》に笑うしかできない。どちらかというと、アメリアは自分自身をひねくれ者だと認識していたからだ。

アメリアが誤魔化《ごまか》すようにカップを口元へ運んでいると、我が子を胸に抱くビオレッタがどこか遠くを見つめて長い息を吐いた。

「そうかぁ、ルイスにいがアメリアのことを……調薬のことばっかで他にはなにも興味がないみたいな人だったのに、感慨《かんがい》深いよねぇ」

『薬以上に夢中になれる相手を見つけられたならいいことじゃないか』

「そうだね、アメリアには感謝してもしきれないよ」

ビオレッタの肩に乗るネロの尻尾《しっぽ》をつかみ、幸せそうに眠る赤ん坊の顔を覗《のぞ》き込み、ひとりと一匹は感慨にふける。それを、アメリアの頭上からテーブルへと降り立ったブランが『ちょっと、ふたりとも！』と止めた。

『そんなこと言って、アメリアを追い詰めるのはやめてくれる!? アメリアはまだ、ルイスと結婚するって決めたわけじゃないんだからね』

「あ、そっか。ごめんねアメリア。私たちはただ、ルイスにいが自分の世界の外へ目を向けてくれたことがうれしいってだけだから、アメリアの心のままに決めればいいんだよ。ルイスにいも、それを望んでる」

「……うん、わかってる。だってルイス様、すごく優しいもの」

『あいつは存在というか考え方が精霊に近いからな。俺たち精霊は気まぐれだが、基本的に与えられるより与える方が好きなんだよ』

ルイスに対するネロの評価に、ビオレッタは「あー、わかる！」と食いついた。

「興味を持ったものしか相手にしないところとか、そのまんま精霊だよね。でもって、大事だと思ったものはとことん大事にするの」

精霊に似ていると言われたときはよくわからなかったが、ビオレッタの説明を聞いてアメリアは納得した。ルイスは優しい。でも興味がないものにはとことん興味がない。研究バカだからだと思っていたが、精霊のように気まぐれなのだと考えると腑《ふ》に落ちることが多々ある。

ルビーニ家へ来たばかりのころ、毎日同じ格好をしているルイスに、アメリアは服を着替えないのかと聞いたことがある。するとルイスは、同じ服を何着も持っているのだと答えた。いちいち服を選ぶのが面倒だから、選ぶ必要がないように統一したんだそうだ。

アメリアはそれ以来、ルイスは着飾ることに興味がないのだと思っていた。しかしあの花冠の日以来、ルイスはアメリアの髪のアレンジをやたらとやりたがるようになった。編《あ》みこみだけでなく、片側へまとめた髪をふんわりとまいてみたり、どこの舞踏会へ行くんだと言いたくなるような盛髪《もりがみ》にされたこともある。

また、自分の周りの世話をしてくれる使用人の名前は覚えていないくせに、滅多《めった》に会わない庭師の名前と顔をきちんと把握《はあく》しているのには驚いた。なんでも、大切な薬草の世話をしてくれている人たちだから、自然と覚えたんだそうだ。自分の世話は大切なことじゃないの、とは怖くて聞けなかった。どうでもいい、という答えが返ってきそうだったからだ。

本当に極端なルイスの性格を思いだし、アメリアはつい笑ってしまった。

作り笑いでも苦笑いでもない、純粋な笑顔をやっと見せたアメリアへ、ビオレッタは「よかった」と優しく笑いかける。

「ありがとう、アメリア。アメリアに出会わなければ、ルイスにいはずっと自分の世界に閉じこもっていたと思う」

恩人であるビオレッタに喜んでもらえてうれしい反面、やはりアメリアは、ルイスに対して彼と同じ想いを返せていない現状に、申し訳ない気持ちになった。

ティファンヌがいつか慣れると言ったように、アメリアも戸惑うことなくルイスの愛情を受け止められる日が来るのだろうか。

「ほら、アメリア、そんな落ち込まないで。人の気持ちなんてさ、こうしようって思って変えられるものじゃないから。だから、アメリアがそうやって気に病む必要はないんだよ」

ビオレッタはいつも身に着けている花の髪飾りを外すと、アメリアの耳もとに飾る。

「うん、かわいい。アメリアはかわいいんだから、もっと笑ってほしいな」

そう言うビオレッタの方が、まるで愛の女神のように美しく、このままだと魅了《みりょう》されてしまいそうだと思ったアメリアは視線をそらし、髪留めを返そうとした。しかしそれを、ビオレッタが止める。

「いいよ、アメリア。そのままつけて帰ってよ。それで、そのかわいい姿をコナーにいにでも見せてやって」

「コンラード様に？　ルイス様じゃなくて？」

どうしてと首をひねるアメリアへ、ビオレッタは「ルイスにいはもう十分だと思う」と笑うだけだった。

どういうことなのか、アメリアにはまったく理解できなかったが、ディアナやティファンヌ、ネロまでもが微笑《ほほえ》ましそうにアメリアを見つめていたため、おとなしく従うことにした。


城を後にしたアメリアは、薄紫のローブを頭からすっぽりかぶって家路を歩いた。屋敷の外を歩くとき、アメリアはローブをかぶらない主義だったのだが、これをかぶらなければ城までついて行くとルイスが言い張ったため、アメリアは仕方なくローブを着ることにしたのだ。

今日はどこかへ立ち寄る予定もないので、周囲の人たちに遠巻きにされたところで問題はない。ただ、子連れの母親が我が子に「近づいちゃダメ」と言い聞かせているのを見るのは物悲しい気持ちになった。

「そこの魔術師のお嬢さん」

通路の両端を露店が埋める市場通りを歩いていたときだ。ふいに、露店商が声をかけてきた。お嬢さんだけならまだしも、魔術師と限定されればアメリアのことで十中八九間違いないだろう。アメリアは足を止めて、露店商へと振り返った。

女性が好みそうな宝飾品を扱う露店商は、振り返ったアメリアへ、うっそりと微笑みながら手招きした。

「かわいらしいお嬢さんにぴったりな髪飾りがあるんだよ。よかったら、見ていかないかい？」

露店商がたたずむ屋台から、人ひとり分ほど離れた位置に立ち止まるアメリアに見えるよう、露店商は髪飾りをかざした。鮮やかな宝石で彩られた小花の髪飾りは、屋台の屋根の下でもきらきらと輝いていた。

「素敵な髪飾りですね。でも、私にはちょっと、手が出せないかな」

店主が勧める髪飾りは見るからに高価そうだった。それにさっきビオレッタから譲《ゆず》ってもらった白い花の髪飾りが、いまもアメリアの耳もとに咲いている。めかしこんで出かける予定など持ち合わせていないアメリアは、下手《へた》に期待をさせても面倒だと思い、その場ですげなく断った。

「そう言わずに。これが気に食わないなら、もっとお手頃な商品もあるよ」

「ごめんなさい。あんまり遅くなると、家の者が心配して騒ぎ出すかもしれないから」

誇張表現などではなく、純然たる事実だ。いつだったか、今日のように王城へひとりで向かい、帰りに市場通りの露店を見て回っていたらものすごい形相《ぎょうそう》のコンラードに捕獲され、肩に担がれて帰ったことがある。なんでも、アメリアが城を出たと精霊から報告を受けたのに、いつまでたっても帰ってこないから心配して探しに出たそうだ。

冷静に考えると、精霊を通じて監視されているのかと不満を持つところかもしれないが、コンラードだから仕方がない。それにあの時は、年に数回しか王都を訪れないキャラバン隊が露店を構えていた日だったから、アメリアも時間を忘れて夢中になってしまったのだ。コンラードが迎えに来なければ、暗くなるまで歩き回っていたかもしれない。

アメリアが城を出たことを、きっとコンラードは把握しているだろう。あんまり遅くなって心配させてしまう前に、さっさと帰ってしまおう。

そこまで考えて、アメリアは思った。コンラードは、今日も変わらずアメリアの心配をしてくれるのだろうか、と。

アメリアが妹ではないのだと、ルイスとの結婚話で自覚したのなら、これまでのようにアメリアを構わなくなるかもしれない。実際にここ数日、コンラードはアメリアを避けている。もう、アメリアを迎えに来てはくれないかもしれない。そう考えただけで、恐怖で身体《からだ》が冷えた。

一刻も早く帰ろうと思い、新たな髪飾りを出そうとしている露店商を無視してアメリアは前を向いた。その途端、いつの間にかすぐそばに立っていた男性とぶつかり、跳ね飛ばされたところを背後から誰かに受け止められた。頭の上にのっかっていたブランが衝撃で吹っ飛び、人混みのなか地面を転がっているのを見て、アメリアは急いで助けに行こうとするも、背後の人物に両腕をつかまれて押さえ込まれた。

「騒ぐなよ、お嬢ちゃん。痛い思いはしたくないだろう」

アメリアにぶつかってきた男が素早く距離を詰め、アメリアの腹のあたりに短剣の刃をちらつかせた。息をのむアメリアを見て、屋台から出てきた露店商がいやらしく笑う。

「会いたかったよ、魔術師のお嬢ちゃん。君は確か、光の巫女と同じように光の力を使えたね。しらばっくれても無駄だよ。エバートンを捕まえたときに、この目で見たんだから」

「あなたたち……あの時の、誘拐犯《ゆうかいはん》？」

「そうさ。エバートンの野郎のせいで、俺たちの雇い主が廃業しちまってな。危うく路頭に迷いそうになったんだが、思いだしたんだよ、あんたのことを。あんたのその力、欲しいというやつはごまんといるだろう。さぞ高く売れるだろうさ。おら、連れて行け」

露店商の男があごをしゃくって背を向けると、アメリアを拘束《こうそく》するふたりの男はそれに続く。腹部に刃物を突きつけられているため、アメリアも渋々歩き出した。

『アメリアを離しなさいよ！』

「いぃっ、でぇぇぇっ！」

ブランの怒声の直後、アメリアの両腕の拘束が外れる。振り返ってみれば、ブランが背後の男の後頭部に爪を立ててぶら下がっていた。背後の男がよろめいてアメリアから離れるなり、ブランはアメリアへ刃物を突きつける男の顔めがけてとびかかる。

『アメリアになんてものを向けるのよ、このクズ男！』

「いだだだだだだだっ！」

ブランの奇襲に動揺《どうよう》していたためか、刃物を向けていた男は避けることも叶わず、ブランに顔を何度もひっかかれてしまう。刃物を持つ男はブランの背中をわしづかんで放り投げ、背中から地面へ叩きつけられてしまったブランのもとへ、自由になったアメリアが駆け寄る。ブランを抱き上げたところで、陰に包まれたので顔を上げれば、頭から細く血を流すふたりの男がアメリアへと手を伸ばしていた。

「アメリア、伏せて！」

どこからともなく飛んできた指示に従い、アメリアはブランを胸に抱え込むようにしてうずくまり、顔を伏せる。頭上でなにか液体がかかる音と、アメリアのローブに水しぶきがいくつか降りかかった。

静かになったので、アメリアが恐る恐る顔を上げてみれば、突然液体をかぶせられて面食らう男ふたりと、彼らの背後で振りかけた液体を入れていたのだろう容器を持つルイスがいた。

「アメリア、傷つける奴、許さない。それは、罰」

罰を宣告するルイスに対し、濡れた顔を乱暴にぬぐった男たちは殴《なぐ》り掛かろうとした――が、まるで身体から力が抜け落ちたかのように、その場にうずくまった。

「な、なんだ……急に涙が、うっ、ううぅ～」

「うおおおぉぉっ、涙が止まらねぇ！」

「お母ちゃあああぁん！」

「会いてぇよおおぉぉ！」

涙が止まらなくなったのは、きっとネギナ草の効果だろう。だが、母親を恋しがって泣くとは、どういうことなのか。

「ネギナ草、抽出液に、家が恋しくなる効果、足した」

「そ、そんなピンポイントな効能、あるんだ」

家が恋しくなる効果とは、いったいどの薬草から抽出できるのか、アメリアには皆目見当がつかないが、相手はルイスである。きっとルイスにならば作れるのだろうと無理矢理納得した。

うずくまって喚《わめ》き泣く男ふたりの間を通って、ルイスが近づいてくる。アメリアは立ち上がってルイスを迎えようとして、背後から伸びてきた腕に首を絞《し》められた。

「来るな！　それ以上近づくと娘の命はないぞ」

先を歩いていたはずの露店商の男が、アメリアの首に腕を回しながらルイスをけん制する。首に回る腕にはまだ強い力はかかっていないが、アメリアが息苦しく感じる程度に絞まっている。呻《うめ》くアメリアを見てルイスは足を止めた。

『……許さない』

アメリアが首に回る腕にしがみついたことで地面に落ちたブランが、怒りに震える声でつぶやき、目を見開いて毛を逆立てさせる。一回り大きくなったブランの身体が淡く光るのを見たルイスが、「ブラン、ダメ！」と叫んだそのとき、光の球へと変貌《へんぼう》したブランが、アメリアを拘束する男に向かって飛んでいく。

アメリアの目の前に現れたブランは本来の姿に戻り、その幼い顔に激しい怒りを剝《む》きだしにして露店商をにらみつけた。

『アメリアを傷つける者は、許さない！』

アメリアの耳に響く、聞いたこともない、ブランの怒りに満ち満ちた声。

刹那《せつな》、視界を白く焼きつくすような閃光《せんこう》が走った。

「ぎゃあああああああああああ！」

おぞましい男の悲鳴が響き渡り、アメリアの首に巻きついていた腕が離れる。その場でせき込んだアメリアにルイスが駆け寄り、彼に支えられながら振り返ってみれば、先ほどまでアメリアを拘束していた男が、両手で目を押さえてもがき苦しんでいた。

「ま、さか……目をつぶした？」

同じように光を真正面から食らったアメリアは何の痛みもおぼえていないというのに、男はとうとう足をもつれさせて倒れ、それでもなお転がって苦しんでいる。以前、アメリアを傷つける者がいたら目をつぶすとブランが言っていたのを思いだし、まさかと顔を青ざめさせていると、そんなアメリアの傍に猫の姿に戻ったブランが現れ、『そんなまさか』と答えた。

『一時的に視力を奪っただけだよ。安静にしていれば、明日には元に戻ってる。この男が騒ぎすぎなんだって』

男の視力が二度と戻らない、などという深刻な状態ではないと知り、アメリアはほっと胸をなでおろす。そんなアメリアへ、ルイスが手を差し出した。

「アメリア、立てる？　無理なら、俺、抱っこする」

「大丈夫だよ、ルイス様。ちゃんと歩けるから。それよりも、助けに来てくれてありがとう」

「アメリア、守る。俺の役目」

ルイスの手を借りて立ち上がったアメリアは、さっさと屋敷へ帰ってしまおうと前を見て、自分たちを遠巻きに囲む人垣《ひとがき》に気づいた。

ここは人通りが多い市場のど真ん中なのだ。そんな場所で騒動が起これば、行きかう人々の注目を浴びても仕方がないだろう。もしかしたら、誰かが衛兵を呼んでくれているかもしれない。下手に移動せず、やってくるだろう衛兵たちに事情を説明するべきだろうか——などと、アメリアがのんきに考えていると、

「光の力だ……」

人垣の中で、誰かがそうつぶやいたのをきっかけに、静まり返っていた空気がざわりと揺らいだ。

「奇跡の力……巫女様だ」

「光の巫女様が現れたぞ！」

「巫女様、あぁどうか、我々にお慈悲《じひ》を！」

異様な興奮に包まれる人々を見て、アメリアはある言葉を思い出した。

光の巫女様欠乏《けつぼう》症。

光の巫女であるビオレッタが、出産に伴《ともな》い一時的に表舞台から遠ざかったため、彼女の美しさにあてられた人々が巫女に会いたいと激しく嘆《なげ》いている。

まさにいま、高揚《こうよう》している人たちのことだと気づいたアメリアは、慌ててローブのフードを外し、素顔をさらした。

「わ、私は光の巫女様ではありません！」

美の化身のようなビオレッタとは似ても似つかない、十人並みな顔のアメリアを見て、期待に目を輝かせていた人々はあからさまに落胆《らくたん》する。我を忘れる前にきちんと理解してくれたことに、アメリアが安堵《あんど》していると、誰かが「どうして、巫女様でもないのに光の力が使えるんだ」とつぶやいた。

ひとりがつぶやいた疑問は、水面に生じた波紋のように瞬く間に広がり、人々は奇異の目でアメリアを見つめた。そしてまた、ひとりがある事実に気づく。

「あの髪飾り……巫女様の髪飾りだ」

さっきビオレッタに譲《ゆず》ってもらった髪飾りに人々の注目が集まるのを感じ、アメリアは思わず手で髪飾りを隠した。しかし、それが人々を刺激したのか、場の空気がまたざわつき始める。

「あの髪飾りだ！　髪飾りに、巫女様の加護がついているんだ」

「巫女様の、巫女様が身に着けていた髪飾りだ！」

「お嬢ちゃん、金ならいくらでも払うから、その髪飾りを俺に譲ってくれ！」

「何を言うんだ、あの髪飾りは俺がもらうんだ！　ほら、お嬢ちゃん、なんでもやるから！」

「私におくれ！　騎士になった息子のお守りにしたいんだよ！」

ビオレッタの髪飾りを求める人たちがアメリアたちへと詰めより、いつしか誰が髪飾りを手に入れるかで言い争いが始まった。このままでは乱闘になるのも時間の問題だとおびえるアメリアを、ルイスは抱きしめるしかできない。

『アメリア、ごめん、私のせいだ。ここは私たちでみんなを驚かせるから、アメリアたちはみんながひるんだ隙《すき》に――』

「アメリア――――！　ルイス――――！」

アメリアたちを逃がそうと、段取りを説明するブランの声をかき消す、獣の咆哮《ほうこう》のような声がとどろく。人垣の向こう側からでもアメリアの腹に響くその大声は、恐怖で萎縮《いしゅく》するアメリアの心を鼓舞《こぶ》した。

「どけえええええええええ！」

稲妻《いなずま》のような声と同時に、人垣から四、五人ふっ飛んでいった。数瞬の間が空き、また数人が人垣から放り投げられ、数えるのも恐ろしくなる人数を投げ飛ばしてアメリアたちの目の前に現れたのは、コンラードだった。

さすがにあの人数をふっ飛ばして疲れたのか、珍しく息を乱したコンラードはアメリアたちを庇《かば》うように立ち、叫ぶ。

「おいこらお前たち！　俺の大切な家族に指一本でも触れてみろ……その腕が二度と使えないよう、粉々に砕いてやる!!」

コンラードが握りしめた拳を地面に叩きつけると、重い音を響かせて拳は手首まで地面にめり込んだ。コンラードの別次元の強さに恐れをなした人々が、引き潮のように後ずさる。

「……よし、二度とこいつらに近づくんじゃねぇぞ」

距離をとった人々を見て満足そうにうなずいたコンラードは、いまだ身を寄せ合ったままのふたりへと振り向いた。

「ふたりとも、もう大丈夫だからな。兄ちゃんが、ちゃんと家まで運んでやる」

家まで運ぶとは、一体どういうことなのか。アメリアが疑問を口にするより早く、コンラードは行動で示した。アメリアとルイスを、自分の両肩に担いだのだ。

「えぇっ、ちょ、コンラード様!?」

「コンラード、俺、歩ける！」

「よし、ふたりとも、しっかりつかまっとけよ。全速力で屋敷へ帰るからな！」

止めるアメリアとルイスを無視して、コンラードは人をふたりも担いでいるとは思えない力強い足取りで屋敷へと駆けだしたのだった。

コンラードの肩に担がれたアメリアは、最初こそ降ろしてくれとコンラードに文句を言っていたが、逆さまの世界で通り過ぎていく景色や縦に揺れるたび腹に伝わる振動などに対応できず、いつしか目を回してしまった。

屋敷の門を潜り抜けたところで、コンラードは立ち止まって肩に担ぐアメリアとルイスを降ろす。ルイスは担がれ慣れているのか、ふてくされた顔をしているがよろけることもなく立った。対するアメリアは、降ろしてもらうなりその場に頽《くずお》れてしまった。

「アメリア、大丈夫!?」

「世界が……グラグラしてる」

「おいおい、部屋まで運ぶか?」

もう一度アメリアを担ごうと伸ばしたコンラードの手を、ルイスが叩き落とす。突然の拒絶に驚くコンラードを無視して、ルイスはアメリアを抱き上げた。

地に伏せたまま動けず、もうこのままコンラードに部屋まで運んでもらおうかな、などとのんきに考えていたアメリアは、自分を抱き上げた人物がルイスだったことに驚いた。ひょろひょろと背ばかり高く、触れた感じもコンラードに比べて骨っぽいルイスだが、アメリアを軽々と抱き上げられるほどの筋力は持ち合わせていたらしい。腕が震えることも足がもたつくこともなく、しっかりと地に足をつけたルイスは、コンラードをにらみつけていた。

「アメリア、体調不良、コンラードのせい。俺が運ぶ」

コンラードがなにか言い返す前にルイスは背を向け、歩き出す。立ち呆《ほう》けるコンラードの姿が遠ざかっていくのを、いまだ目を回すアメリアはルイスの背中越しに見つめるしかできなかった。


無事、アメリアの部屋までたどり着いたルイスは、部屋の奥にあるベッドにアメリアを降ろした。多少は回復したもののいまだ胸やけを抱えるアメリアは、そのままベッドにうつぶせるように倒れる。

「アメリア、まだ気持ち悪い？　お茶、飲める？」

「お茶……温かいの、欲しい……」

枕に顔をうずめたまま、アメリアが要望を伝える。ルイスが「わかった」と答えてベッドから離れていくのを気配だけで感じていたアメリアは、使用人にお茶を運んでくるよう頼みに行ったのだろうと思った。しかし、カチャカチャと食器を触る音が聞こえてきたため枕から顔を上げると、ルイスが作業台の実験器具を使って湯を沸かしていた。

「とっておきのお茶、淹《い》れる。アメリア、少し待ってて」

ローブの下から、茶葉を保管していると思われる小瓶《こびん》を出すのを見て、茶葉って常に持ち歩くものなんですか、とアメリアは疑問に思ったが、相手はルイスなのでなにも言わなかった。

実験用ランプによって温められたお湯を、あらかじめ茶葉を放り込んでおいた寸胴《ずんどう》容器に流しいれ、材料を取り分けるときなどに使う皿で蓋《ふた》をする。お湯の中を気持ちよさそうに漂う茶葉が、容器の底で眠りにつくのを待って、これまた実験器具である茶こしを使って注いだお茶を、ルイスはアメリアのもとまで持ってきた。

「はい、アメリア。熱いから、気をつけて飲んで」

アメリアがうつぶせていた身体《からだ》を起こし、ベッドの上で座り直してからお茶を受け取ると、ルイスはベッドの脇に椅子《いす》を持ってきて腰掛けた。

「この香り……ネギナ草？」

「そう。アメリア、ネギナ草の香り、好きって言ってた。だから、お茶にしてみた」

「え、それじゃあ、私のためにお茶を作ってくれたの？」

「そう。ネギナ草、心を落ち着かせる効果、ある。だから、寝る前に飲んで。よく眠れる」

「……そっか、うん。ありがとう」

アメリアはどこまでも優しいルイスにお礼を言って、ネギナ草のお茶を口にする。鼻に抜ける果実のような爽《さわ》やかな香りと、後に残るほんのりとした甘さが、薄紫の小ぶりな花を咲かせるネギナ草にぴったりな味だった。

たとえそのお茶が、実験器具である小さな寸胴容器に注がれていようとも、ネギナ草のお茶がおいしいことには変わりない。心を落ち着かせるというネギナ草のお茶は、アメリアの心をほっこりとさせた。

「あのね、ルイス様。さっき、私を守ってくれてありがとう。ルイス様が来てくれなかったら、私はいま頃どうなっていたか……」

『本当だよね。でも、どうしてあんなにタイミングよく現れたの？』

ブランが何気なく口にした疑問で、アメリアも気づく。さっきのルイスの現れ方は、まるで計ったかのような――

「あぁ、うん。だって、アメリア、見守ってた」

「やっぱりか！　ていうか、いつから!?」

「屋敷を出てから城に着くまでと、城、出てから」

「ほとんどずっとじゃん！　ローブを着ればついてこないって約束したのに」

「ついて行ってない。見守っただけ」

『あのね、アメリア、こういうのなんていうか私知ってるよ。ヘリクツ！』

すごいでしょ、褒《ほ》めて。と言わんばかりに、アメリアの膝に乗るブランが透き通った目で見上げてくる。思いがけず毒気を抜かれたアメリアは、ブランの頭をなでくり回した。

「……なんか、いちいち気にする自分がおかしいのかなって気がしてきた。そのおかげで助けてもらえたんだだし」

動けなかったところを部屋まで運んでくれて、さらに特製のお茶まで淹れてくれたのだ。尾行されたくらい、目をつむろう。

アメリアがいままで培《つちか》ってきた常識を頭の中から投げ捨てていると、許してもらえたはずのルイスがなぜかしょんぼりと肩を落としてうつむいた。

「……俺、アメリア、守れなかった」

「守れなかった？　そんなことないよ。ルイス様は、私を人さらいから守ってくれた」

ルイスは頭を振り、コップ代わりの寸胴容器を握る手に、力を込める。

「さっき、十六年前みたいな状態。俺、何もできなかった。コンラード、来てくれなかったら、いまごろアメリア、ひきこもったかも」

十六年前というのは、ビオレッタがひきこもることになった事件のことだろう。ルイスとコンラードは事件の当事者で、あの時ビオレッタを守れなかったことを、いまでもずっと悔やみ続けている。

そこまで考えて、アメリアは思い至った。さっき現れたコンラードが珍しく息を切らしていたのは、疲れなどではなく、十六年前の後悔を生々しく思いだしたからだ。駆けつけたときのコンラードの表情を思いだすと、アメリアは胸が苦しくなった。

「……確かに、あの場から救い出してくれたのは、コンラード様だけど、でも、ルイス様も、私をずっと守り続けてくれた」

あれだけの数の、いまにも襲い掛かってきそうな人たちに囲まれた状況で、ルイスは十六年前の恐怖にとらわれながらも、アメリアを離すまいと力いっぱい包んでくれていた。

「ルイス様は、私を守りきってくれたよ。ありがとう」

そう言って、アメリアが笑いかけると、ルイスは涙をこらえるような情けない表情を浮かべ、それを隠すようにアメリアに抱きついた。

「アメリア、俺、もっと強くなる。コンラードより、強くなって、アメリア、守る」

「えぇ～？　それって、ルイス様がコンラード様みたいになるってこと？　それはちょっと……ルイス様はそのままでいいよ」

コンラードのような筋肉バカはひとりで十分だ。コンラードは考えるより先に行動するため、アメリアが迷惑を被《こうむ》ったことなど数えきれないほどある。

アメリアの本心が伝わったのか、ルイスはアメリアを抱きしめたまま、「ふふっ」と笑った。

「わかった。じゃあ、俺らしく、強くなる」

「そうだね、今日、人さらいにかけた薬なんて、すっごく効果的だったと思うよ。護身用に、私が持ち歩きたいくらい」

「わかった、今度、作って渡す」

やっと抱きつくのをやめたルイスとアメリアは見つめ合い、どちらからともなく笑いだす。

ふたりの朗《ほが》らかな笑い声は廊下《ろうか》にまで響き、アメリアの部屋の扉に背中を預けて立ち尽くすコンラードの耳にも届いていたのだった。

アメリアが誘拐未遂《ゆうかいみすい》にあったこと、また、光の巫女様欠乏症となっている街の人たちにアメリアがビオレッタの髪飾りを持っていると知られたことから、しばらくアメリアは外出禁止となった。もし、どうしても外へ出なければならない場合、ルイスまたはコンラードの同行を義務づけられている。

『お出かけするアメリアにコンラードやルイスがついてくることなんて、いまに始まったことじゃないよね。そもそも、アメリアがひとりで出歩くことの方が珍しいことなのに』

ブランの的確な突っ込みに、アメリアはその通りだと同意する。珍しくひとりで出歩けたと思ったあのお茶会の日でさえ、結局はルイスに尾行されていたのだから。しかも、ブランが後でこっそり教えてくれたのだが、実はあの日、ルイスだけでなくコンラードもアメリアの、というかアメリアを追いかけるルイスの後をつけていたらしい。

「そんなまどろっこしいことをするぐらいなら、ルイス様とコンラード様、ふたり仲良く追いかければいいのに。目的が一緒なのにわざわざ距離をとる意味は？」

『あれだよ、あれあれ！　なわばり意識！』

いや、違うだろ、とアメリアは思ったが、得意満面で見上げてくるブランがかわいかったので黙って頭をなでておいた。

「コンラード様とルイス様って、本当によく似ているよね。ふたりとも妄想癖《もうそうへき》の心配性」

『お外大好き野生児と、ひきこもり予備軍で、パッと見は正反対なのにね』

アメリアとブランは視線を合わせ、「ねぇ～」と首を傾《かし》げる。

外出禁止を言い渡されたアメリアは、気分転換に中庭の薬草園で雑草抜きをしていた。基本的に、どんな植物でも薬草として扱うルビーニ家だが、特定の植物を育てている薬草園では、栽培《さいばい》中の植物以外はすべて雑草とみなしている。よって、定期的な駆除《くじょ》が必要だった。

ルビーニ家で住み込みで働く、庭師兼薬草農家の男性の指示に従いながら、アメリアは次々に雑草を引き抜いていく。陽射しの下ということもあり、あたりを漂う光の精霊が近寄ってきて、アメリアが引き抜いた雑草を集積場所まで運び始めた。おかげで、アメリアは雑草を引き抜くことだけに集中できた。

「アメリアちゃんが手伝ってくれると、精霊様のご助力も得られるから、とっても仕事がはかどるよ、ありがとう」

「私にはこれくらいしかできないので。きっと気難しい薬草もあるだろうに、どれも立派に育ててくれてありがとうございます。おかげで、魔術師のみんなが研究に没頭できます」

ルビーニ家で栽培する薬草は、一言に草と言っても、木の葉や花なども含まれている。これらすべてを管理栽培する庭師は、いっそのこと樹木医と名乗っても問題ないのではとアメリアは常々思っていた。

アメリアはこの庭師に弟子入りしてルビーニ家を将来的に支えられないだろうか、と考えたことがある。しかし、庭師のもとにはすでに孫息子が弟子入りしていた。

「……そう言えば、お弟子さんは？」

「あいつなら森へ行ったよ。もうすぐこのあたりの土を休ませるから、どんな肥料《ひりょう》を入れれば土が肥《こ》えるかヒントを探しているんだ。森では常に薬草が生い茂っているからね。ここ最近、ずっと森に通い詰めで、だからアメリアちゃんが手伝ってくれて本当に助かったんだよ」

困ったよと言いつつ、庭師の顔はどこか誇らしげだった。

庭師の孫は、植物をこよなく愛する人間で、頭のなかは常に植物のことでいっぱい、という人物だった。彼の植物愛を目《ま》の当たりにして、アメリアは庭師の夢をあきらめた。ただルビーニ家のためになることがしたいだけのアメリアにとって、庭師の孫はまぶしすぎる。

ああ、そうか——アメリアは納得する。

どんなにエイブラハムから教えを受けようとも、アメリアに調薬ができないのは、アメリア自身に調薬への熱意が足りないからだ。アメリアが調薬をするのは、ルビーニ家にお世話になっているから。病気を治したいという志も、調薬に対する探究心も持ち合わせていないから、いつまでたっても薬ひとつ作れなくて、後から弟子入りした魔術師に追い越されてしまうのだ。

アメリアのしたい事って、なんだろう。

ルビーニ家に来るまで、選択肢《し》なんてアメリアには存在しなかった。たとえ両親がまっとうにアメリアを育てていたとしても、あの村で生きていれば選択肢なんてほとんど存在しなかっただろう。

娘は年頃になったら嫁《とつ》いで家を出る。それが普通と思っていたけれど、なにも考えず、覚悟もなく嫁に行って、果たしてうまくやっていけるんだろうか。調薬ひとつろくにできないアメリアには、誰かにお膳《ぜん》立《だ》てされた道を歩いたところで、いつか困難にぶつかったとき、立ち向かえないだろう。だからこそ、ルビーニ家のみんなはアメリア自身に考えて決めろと言うのだ。

アメリアのしたい事、それはルビーニ家に恩を返すこと。

ルビーニ家のみんなを、支えたい。

その想いしかなくて、なにか好きなものも、興味を惹《ひ》かれるものもないアメリアは、自分はなんて空《から》っぽなんだろうと思った。

外出禁止から数日、アメリアはブランとともに公爵家の屋敷を訪れていた。

公爵家夫人であるディアナより、招待を受けたのだ。手紙を受けとった当初、ルイスとコンラードが同行するつもりだったが、公爵家から迎えの馬車をよこすので、必ずアメリアひとりでくるように、と記されていたため、アメリアひとりで向かうこととなった。

当然のことながら、コンラードとルイスは難色を示し、同行する気満々で屋敷の外までついてきていた。しかし、いざ現れた公爵家の馬車からビオレッタの専属護衛であるメラニーと王太子の近衛兵《このえへい》であるヒルベルトが現れたのを見て、ふたりとも文句を言おうとしていた口を閉ざした。

メラニーとヒルベルトはコンラードにこそ遠く及ばないが、騎士団の実力者である。ひとりだけでも十分安全と言えるのに、ふたりもそろえられては、コンラードたちがついて行くなどと言えるはずもない。不満顔のコンラードとルイスに見送られて、アメリアは公爵家へと向かったのだった。

メラニーとヒルベルトが迎えに来ていたから、てっきり公爵家にはビオレッタとティファンヌがいるのだと思っていた。しかし、公爵家にてアメリアを迎えたディアナが、「あなたに会わせたい人がいるの」と言って通した部屋で待っていたのは、思いもよらない人物だった。

「やあ、久しぶりだね」

「エバートン様……」

部屋に通されたアメリアに気づくなり、ソファから立ち上がってぎこちなく笑ったのは、エバートンだった。

いったいなぜ彼がここにいるのか、ディアナに話を聞きたいと振り返ったが、すでに扉は閉められており、部屋にはアメリアとエバートンだけが残されていた。

「僕から公爵夫人に頼み込んで、君に会う機会を作ってもらったんだ。だまし討《う》ちみたいなことをしてしまって、すまない。でも、そうでもしないと、君に会えないと思ったから……」

『コンラードが知ったら、すっごく怒りそうだね』

肩にのるブランの意見に、アメリアも同意する。エバートンともう一度会うことに、多少は気まずさを感じてもアメリア自身に否《いな》やはない。ただ、コンラードとルイスが黙っていないだろう。ディアナという、ルビーニ家の信頼も厚い第三者を介してアメリアと接触を図ろうとするとは、さすが成功を収める交易商である。

アメリアはエバートンとの予期せぬ再会に面食らったものの、彼の勧めに従ってソファに腰を下ろした。時を同じくして扉が開き、茶器をのせたワゴンをひいて、メラニーが現れた。

アメリアが通された部屋は、貴族の屋敷の応接間にしては狭く、全体的に落ち着いた色合いで統一されていた。壁際のガラス製の棚《たな》に酒瓶《さかびん》やグラスが飾られているので、もしかしたら、ごく親しい人たちとゆっくり過ごすための部屋なのかもしれない。大きく開いた窓から見える中庭は、人の手が作り上げる緑の美しさをアメリアに教えた。

メラニーが淹《い》れてくれたお茶を味わってから、エバートンは口を開いた。

「公爵夫人の力を借りてまで君に会いたかった理由は、ちゃんと謝罪をしたかったからなんだ。僕の余計なお世話のせいで君を傷つけてしまい、申し訳ない」

エバートンは両膝に手を置いて、深々と頭を下げた。お貴族様に頭を下げられることがあるとは思っていなかったアメリアは、大慌てでエバートンの顔を上げさせる。

「謝らないでください！　エバートン様が、私のことを真剣に考えていろいろとやってくれたのだとわかっています。こちらこそ、せっかくの親切を無下《むげ》にしてしまい、申し訳ありません。その……ルビーニ家のみんなのことも、どうか悪く思わないでいただけますか」

「悪く思うなんて、そんなことあるわけないよ。あれは僕が悪かったんだ。叔母様《おばさま》の言う通り、僕の常識で勝手に判断して、君を不用意に傷つけた。君がなにか責任を感じる必要なんてないんだよ」

視線を落とし、悲しく微笑《ほほえ》むエバートンに、アメリアは申し訳ない気持ちが込み上げたが、口を閉ざした。アメリアが慰《なぐさ》めを口にすることを、エバートンは望んでいない。アメリアはルビーニ家の人々のおかげで立ち直っているのだから、いまはエバートンの悔恨《かいこん》を少しでも軽くするべきときなのだろう。

アメリアとエバートンは口を閉ざし、メラニーが淹れてくれたお茶を味わう。お茶請けのクッキーは公爵夫人であるディアナの手作りだそうで、サクッと軽い口当たりのあと、バニラの香りと甘みがふわりと広がる素朴《そぼく》な味わいのクッキーだった。

「……実はね、僕が君を知ったのは、二年前なんだ」

溢《あふ》れてきた気持ちを吐露するかのように、エバートンが語りだす。アメリアが黙って視線をよこせば、彼は気恥ずかしそうに笑った。

「パベル爺《じい》さんのクッキー。君は知っているはずだよ」

パベル爺さんのクッキーとは、パベル爺さんと親しまれていた男性が売っていたクッキーのことだ。もともとは王都に店を構えるケーキ店だったのだが、年齢の問題で五年前に店をたたんでしまった。

「パベル爺さんのクッキーは、知る人ぞ知る逸品《いっぴん》でね。貴族にもファンがいたほどだった。だから僕は、パベル爺さんにクッキーの作り方を伝授してもらえないか交渉しに行った。結果は惨敗《ざんぱい》。なんて言われたと思う？」

アメリアが首を傾げると、エバートンは笑顔を皮肉気にゆがめて言った。

「お前さんはわしから技術だけを抜き取り、誰かに移そうと考えておる。少しは魔術師のお嬢ちゃんを見習え。ってね」

「魔術師のお嬢ちゃんって……私？」

「そう。あの頃君は、パベル爺さんの家に通ってクッキーの作り方を習っていたでしょう。しかも、叔母様に食べさせたいから、という理由だけで」

『ベアトリスの誕生日にプレゼントしたいからって、毎日習いに行っていたわよね』

パベル爺さんのクッキーは、ベアトリスの大好物だった。アメリアがルビーニ家へ来たころにはすでに店は閉まっていて、ベアトリスはクッキーを口にするたびにまた食べたいとぼやいていたのだ。アメリアはブランたち光の精霊の力を借りつつ、いろんな人に聞いて歩いてパベル爺さんの家を知り、クッキーの作り方を習ったのだった。

「でも、私もすぐに教えてもらえたわけじゃなくて、何度も通って説得したんですよ」

『おじいさんの身の回りのお世話だって、いっぱいしたもんね』

「君が努力したのはわかってるんだ。でも、根本的に僕と君とでは違うんだよ。ただ、商売になるからクッキーのレシピが欲しい僕と、食べさせたい人のために、手に入れられないなら自分で作ると言い出す君。パベル爺さんはすごくうれしかったと思うんだ。自分の作ったクッキーが、それほどまでに人の心に残っていたんだって」

パベル爺さんは、アメリアにクッキーの作り方を伝授した後、力をすべて使い果たしたかのように、間をおかずにこの世を去ってしまった。自分が無理をさせてしまったせいで、パベル爺さんは死んでしまったと思い悲しむアメリアに、パベル爺さんの知り合いの人々が教えてくれた。パベル爺さんは、跡を継ぐはずだった息子に先立たれてしまった人だった。もう誰にも自分の跡を引き継いでもらえないと絶望していたパベル爺さんに、アメリアは希望を与えたのだと。

「エバートン様が私との縁談を望んだのは、パベル爺さんのクッキーのレシピが欲しかったからですか？」

「全く関係ないとは言い切れないけれど、そんなもの、言い訳でしかないよ。話はもっとシンプルなんだ、要はね、一目惚れ《ひとめぼ》れだよ」

まさか一目惚れなどという言葉が飛び出すとは思っておらず、アメリアは頬《ほお》を淡く染めて固まった。

「ルビーニ家に、面白い女の子がいる。そのときはそれくらいにしか思っていなかったんだ。でもね、その一年後、僕は君を見かけたんだよ」

「一年前って……もしかして、薬草店？」

「僕も薬草を取り扱っているからね。市場調査のために王都の薬草店を時々覗《のぞ》くんだ。そうしたら、珍しく女の子が来店していて、薬草店の品を熱心に観察しては、店主から話を聞いていたんだ。君を見たのはそれが初めてだったけれど、コンラードとルイスを連れていたからすぐにわかったよ。パベル爺さんが言っていた子だって」

コンラードが一緒だったのなら、薬草店巡りを始めたばかりのころだな、と思いだしたアメリアは、嫌な予感がした。

「コンラードが威嚇《いかく》する犬みたいに店主に吠《ほ》えまくっていてね、君はコンラードを連れて店から出たかと思えば、コンラードに対して邪魔だから帰れって言いきっていたんだよ。いやぁ、面白かった」

それはそれは愉快そうにエバートンは笑ったが、アメリアは恥ずかしさのあまり顔を手で隠してうつむいた。

「それからたびたび、他の薬草店でも君を見かけたんだ。君はいつも薬草とにらめっこしていて、時には店主と真正面から交渉していた時もあった。まだまだ幼い君が、大人相手に言い負かしているのを見るのは、痛快だったよ。でも、同時に、なんとなく胸が痛んでね」

エバートンは当時を思いだしているのか、どこか遠くを見つめる。

「大人相手に交渉する君は、とても肩肘張って生きているように見えたんだよ。そうしたら、君を思い切り甘やかしてあげたいって、思ったんだ」

エバートンは視線をアメリアへと戻し、柔らかく、微笑む。

「だからね、君の両親のことも、本気で全部面倒を見るつもりだったんだ。君はあのとき……故郷の話をしたとき、両親に対して想いを残しているようだったから。君と両親が不仲なのは再会したときにすぐに分かった、でも……だからこそ、僕が面倒を見ることで君の背負うものが軽くなればって、そう思ったんだよ」

エバートンの優しさを知って、アメリアは胸が苦しくなった。アメリアの変化に敏《さと》く気づいたブランが肩に乗り、アメリアの頬に鼻をこすりつける。

エバートンの言っていることは正しい。アメリアは、両親に対して未練があった。両親のもとで暮らした十二年間は苦しかったけれど、全くいいことがなかったわけじゃない。

両親は思いだしたようにアメリアに食事を与え、服が小さくなればきちんと新しいものを仕立ててくれた。本当にごくごくまれだったけれど、三人一緒に遊びに出かけたことだってある。

幸せな記憶があるから、アメリアはどうしても両親を憎めなかった。憎み切れなかった。だから、だけど——

「でも、僕は間違っていたんだ。本当に君が望んでいたことは、両親を甘やかすことじゃない。あのとき、僕は怒るべきだったんだ。コンラードのように」

本当はずっと、怒ってほしかったのだ。両親を憎み切れないアメリアの代わりに、おかしいと、最低だと、両親に怒鳴ってほしかった。

アメリアはなにも悪くないのだと、愛されなかったのは、アメリアのせいではないと、言ってほしかった。

あの日の、コンラードのように。

いつだってそうだ。コンラードは、アメリアが弱っているとまるで春先に吹く風のように颯《さっ》爽《そう》と現れて、アメリアが一番欲している言葉をくれる。あきらめかけていたアメリアの心に活《かっ》を入れるように力強くアメリアの名前を叫び、たくましい両腕でアメリアを包み込む。

どんな状況であろうと、コンラードは絶対アメリアを守ってくれる——そう、信じられる人。

はっと、アメリアは目を見開く。アメリアの表情をつぶさに見つめていたエバートンは、悲しい、でもどこかほっとしたような表情でうなずいた。

「僕は君を、幸せにしたかった。生きることに精一杯な君が、素直に甘えられる人になりたかった。でも、僕では、君が心から望むものを与えてあげられない。その役目はきっと、もうすでに誰かのものだから……僕は、潔《いさぎよ》く身を引くことにするよ」

エバートンの想いを受け止めながら、アメリアの心に浮かぶのは、たったひとり。思い浮かんだのは、コンラードだけだった。

やっとわかった。コンラードとキスをして胸が高鳴ったのも、妹と認識した相手は恋愛対象にならないと聞いてひどく動揺《どうよう》したのも、コンラードがアメリアの結婚を認めたことで不安になったのも、全部、全部、コンラードに恋をしていたから。

アメリアは、コンラードが好きだ。

「エバートン様、私……」

自覚したばかりの恋心を持て余して、言葉にできずにいるアメリアへ、エバートンはゆっくりと頭を振る。

「君が君らしくいられる場所があるなら、口に出して望めばいい。きっと大丈夫。世界は君が思っているよりもずっと優しいはずさ」

まるでアメリアの背中を押すように、エバートンは優しく笑ったのだった。

「おう、お帰り」

行きと同じように、公爵家の馬車に乗せられてルビーニ家まで戻ってきたアメリアを、コンラードが門前で出迎えた。

「コンラード様……わざわざ、待っていてくれたの？」

「精霊に、帰ってきたら教えるよう言っておいただけだ。あと、やっぱ……心配だったしな」

ぶっきらぼうに答えながら、コンラードは馬車から降りようとするアメリアに手を差し出す。その手を借りながらアメリアが馬車を降りると、馬車の扉からメラニーが顔を出した。

「ヒルベルトひとりならともかく、ビオレッタ様の専属護衛を務める私もついているのです。ご心配など必要ありませんわ」

「ちょっと、メラニーさん!?　俺だってティファンヌ様の護衛を任される程度には強いんですけど!?」

客車の扉を開けていたヒルベルトが抗議の声を上げるが、メラニーは見向きもしなかった。

「すまんな、お前たちふたりを信用していないわけじゃないんだ。これは、俺の性分なんだよ」

「コンラード様は、心配性ですね。では、あなた様の大切なお姫様はお返しいたしましたので、私どもはこれで失礼いたします」

「え、ちょ、メラニーさん、俺の抗議に対する反応は!?」

ヒルベルトを軽やかに無視し、メラニーは客車の奥へと消えていった。取り残されたヒルベルトは、深い深いため息をこぼしながら頭をかいたあと、アメリアたちに挨拶をして馬車に乗り込んでいった。

公爵家の馬車が走り去っていくのを見送ってから、アメリアはコンラードとともに門をくぐって前庭を歩く。ついさっき自分の気持ちを自覚したアメリアは、斜め前を歩くコンラードの背中を見るのが気恥ずかしくて、足元ばかりを見つめた。アメリアの視界に映るコンラードの歩幅は活発な彼らしい大きな足取りで、コンラードが一歩進むたびにアメリアは二歩進んでいた。

そんなとりとめのないことをぼんやりと考えながら歩いていると、玄関へ通じる階段の手前でコンラードの足が立ち止まり、アメリアへ向けて振り返った。

「アメリア、実は、お前に話したいことがあって、待っていたんだ」

コンラードがアメリアを待ち構えるのはいつものことだったので、話があるとは思わなかった。驚いて顔を上げると、いつになく真剣な面持《おもも》ちのコンラードと視線がぶつかり、アメリアは緊張からブランを胸に抱く腕に力がこもった。

「四年前、ルビーニ家へ来たばかりのお前と会ったとき、精霊にアメリアを守ってくれって頼まれたんだ。だから俺は、お前を妹としてみることにした。俺にとって、守るべきものは家族だから。アメリアを自分の家族に入れてしまうのが、一番いいと思った。……でも、俺、わかったんだ。お前は、本当の妹じゃない。だから――」

コンラードはまだ迷いがあるのか、言葉を切って視線を彷徨《さまよ》わせる。続く言葉を期待して、アメリアは息をのんだ。

わずかにためらいを見せていたコンラードは、短く息を吐いて覚悟を決めたのか、アメリアを見据え、言った。

「アメリアとルイスの結婚を認めようと思う」

アメリアは息すら止めてコンラードを見入る。豊かな緑に囲まれたルビーニ家の前庭に立っているのに、風にそよぐ葉音すら聞こえない。不自然に音が消えた世界で、コンラードの言葉だけが鮮明に響いた。

「もちろん、お前の気持ちを最優先にする。でも、もし、ルイスのことをひとりの男として好ましく思ってくれているなら、真剣に考えてみてくれないか。あいつはいいやつだし、母様たちも、お前がずっとルビーニ家に留まることを望んでいる。もちろん、俺も」

コンラードはそこで言葉を切り、なにに対して「もちろん」と思っているのか明言しなかった。けれど、彼の言葉から察するに、アメリアとルイスの結婚を望んでいる、ということなのだろう。

わかっていたことじゃないか。コンラードは弟想いの兄なのだから、かわいい弟のために、アメリアとの結婚を勧めたってなんら不思議はない。アメリアを本当の妹ではないと認識し直したところで、コンラードがアメリアをひとりの女の子として見てくれることはない。

わかりきったことなのに、一瞬でも期待してしまったために、アメリアは谷底へ突き落とされたみたいな心境になった。鼻の奥がつんと痛んで、唇がわななきそうになったけれど、アメリアが勝手に傷ついただけでコンラードに非はないから、必死にこらえる。

コンラードはなにも悪くない。だから、笑え、笑え、笑え。

「……わかった。ルイス様とのこと……ちゃんと、考える」

大丈夫。いままでだって、何度となく持ちこたえてみせたじゃないか。妹扱いされるたびに胸が痛んで、泣き出しそうになったことだってあったけれど、ちゃんと我慢できたじゃないか。だから大丈夫。ちゃんとコンラードへ向けて、笑って。

あぁ、なのにどうしてだろう。アメリアの笑顔を見たコンラードが驚きの表情を浮かべ、次第ににじんで見えなくなる。

「ア、アメリア？　おい……」

『アメリア、どうしたの!?　どうして泣いてるの!?』

コンラードの慌てようと、ブランの心配する声で、アメリアは自分がこらえきれず泣いてしまったのだと自覚する。その途端、もう止められなくなって、アメリアは胸に抱いていたブランを落とし、両手で顔を覆《おお》って泣き出した。

「おい、なぁ、アメリア。いったいどうして……」

おろおろするコンラードがアメリアへと手を伸ばすと、その手にブランが噛《か》みついた。

「いてぇ！　なにするんだ、ブラン！」

『うるさい！　コンラードがアメリアを泣かせるせいよ！』

「いや、だって、そう言われても……俺はただ――」

　その続きが聞きたくなくて、アメリアは庭へと駆けだしたのだった。


『あぁ！　アメリア、待って！』

　コンラードの言い訳すら聞かず、駆けだしてしまったアメリアを、コンラードの手にぶら下がっていたブランがすぐさま追いかける。コンラードも後に続きたかったが、ブランが口を離す前に思い切り嚙みついていったため、あまりの痛みにしばしその場から動けなかった。

「コンラード！」

　手を振り回して痛みが引くのを待ち、アメリアを追いかけようとしていたコンラードを、誰かが呼び止める。振り向くと、玄関の前にルイスが立っていた。

「え、ルイス。お前、いつからそこにいたんだ？」

「少し、前。だから、全部聞いた。コンラード、アメリア追いかける、資格、ない」

「なっ……どうしてだよ！　俺はアメリアのお兄ちゃんなんだ。かわいい妹が泣いているなら、慰《なぐさ》めるのは――」

「コンラード」と、静かな怒りに満ちた声で、ルイスはコンラードの言い訳をさえぎる。

「アメリア、妹、本気で思ってる?」

コンラードに問いかけているようで、その実、答えなどわかり切っていると言わんばかりのルイスに、コンラードは言い返す言葉が浮かばなかった。

いつも通り、そうだと答えればいい。そう思うのに、なぜだろう。喉《のど》が詰まったかのように、声が出ない。言葉にならない。

「ちゃんと考えて、コンラード。アメリア、どう思ってる? 本当に、妹? アメリア、女の子として、好き。違う?」

「アメリアを、好きなのは……お前だろうが」

ルイスはアメリアを好きだ。妹としてではなく、ひとりの女の子として。薬や薬草にしか興味がないルイスが、初めて家族以外に目を向けた。だからコンラードは、兄としてその恋を応援しようと思った。応援しなくてはならないと思った。

それなのに、どうして、アメリアを泣かせてしまって。

泣き出したアメリアを目にして、どうしてこれほどまでに、後悔が胸に押し寄せるのか。

「俺、アメリアのこと、好き。でも、だからって、アメリアを手放せるやつに、アメリア、渡さない」

自分の気持ちがわからず、困惑するコンラードの空色の瞳をにらみつけて、ルイスは宣言する。そして、コンラードが何か答えるのを待ちもせず、さっさとアメリアを追うために庭へと走っていった。

コンラードには、その背中を見送るしかできなかった。

コンラードのもとを走り去ったアメリアは、裏庭の温室に逃げこんでいた。通路を外れた木々の奥底で、地面に座りこんで泣き続ける。

『アメリア、アメリア、どうしたの？　コンラードのなにがいけなかったの？』

アメリアの膝の上で、ブランが必死に話しかけてくるが、アメリアは泣きながら頭を振るだけだった。

ブランのことを思えば、きちんと説明してあげたいけれど、自分の気持ちを口にするということは、失恋したという事実を正面から受け止めなければならない。そんな勇気も心構えもなくて、アメリアはただただ頭を振った。

「アメリア、そこにいるの？」

温室の扉が開く音の後、ルイスの声が響いた。

ルイスに居場所を突き止められたくなくて、アメリアは両手で口をふさぐ。しかしどういうわけか、ルイスはアメリアの居場所に気づき、目の前に現れてしまった。

ルイスは涙でぐしょぐしょとなったアメリアの顔を見ても、詳しく話を聞こうとはしなかった。ただ「見つけられて、よかった」とだけ言って、アメリアの隣に腰を下ろす。

「アメリア、俺、薬、改良した」

唐突《とうとつ》な話題にアメリアが対応できずにいると、ルイスは返事を待つことなくローブの下から霧吹《きりふ》きを取り出した。

「これ、吹きかける」

ルイスは足元の地面に霧吹きをしゅっと振りかける。細かな水しぶきが陽光を受け、きらきらと光を反射させながら地面に染み込んでいった。アメリアが瞬きを二回ほど繰り返したころ、霧がかかった土から芽が数本顔を出し、その芽はみるみる成長していって、花を咲かせた。

「これ……この間、見せてくれた開花薬？」

薬を受け止めた土地から植物が芽をふきだし、急成長して花を咲かせるというのは前と同じ。ただ、以前は人を覆いつくすほど長く成長していた茎《くき》や草が、いまは常識的な大きさでとどまっていた。

見事に完成した開花薬を見て、アメリアは涙を止めて花に視線を釘づけにする。

「いつの間に、改良したの？　だって、そんな暇、なかったよね？」

「うん。薬自体に手、加えてない。ただ、薬の量、調節しただけ」

言われてみれば、以前は薬を直接瓶《びん》から振りかけていた。量もいまとは比べ物にならないほど多かっただろう。薬の成分ではなく、量を調節する。アメリアにはとうてい思いつかない改良方法だった。

ルイスは咲いたばかりの花を摘《つ》み取る。骨ばった手の中に生まれた小さな花束を、ルイスはアメリアへと差し出した。

「ねぇ、アメリア。俺と結婚、しよう。コンラードじゃなくて、俺が、アメリアの居場所になる」

「ルイス、様……気づいて——」

目を見開くアメリアへ、ルイスはゆっくりと首を縦に振る。

「アメリアの気持ち、俺、知ってる。コンラード、アメリアを幸せにするなら、それでいい、思った。でも、コンラード、アメリアを泣かせてばかり。だから、俺が、アメリアを守る。ねぇ、アメリア。俺と結婚しよう。好きなんだ」

好きという言葉が、アメリアの心に響く。アメリアも、同じように人を好きになったから、ルイスの言葉がどれだけの重みをもつのか、よくわかった。

アメリアは涙で濡れる顔を両手で乱暴にぬぐうと、ルイスへと向き直る。

「ルイス様、私、コンラード様が好きなの。気づいたのは、今日だけど、きっとずっと前から、コンラード様が好きだったんだ。こんな気持ちで、ルイス様との結婚は、考えられないよ」

「それでもいい。いまは、コンラード、好き。でもいつか、振り向かせるから。俺の手を、取ってほしい」

アメリアのすぐ目の前に、差し出される花束。青と黄色と薄紫の花たちをしばらくの間見つめて、アメリアは首を横に振った。

「……ごめんなさい。やっぱり、無理だよ。だって、ルイス様は私の大切な家族だから。大切な人の気持ちにきちんと向き合わないなんて、そんな最低なこと、できない」

アメリアの精一杯の気持ちを聞いたルイスは、いつも眠そうな目を瞬き、肩を落として笑った。

「……そっか。家族って言われると、なにも言えない。大切な家族、それは、俺も一緒だから」

ルイスは花束を握る手を開く。はらはらとこぼれ落ちていく花をアメリアが見つめていると、ルイスが彼女の手をつかんで引っ張り、強い力で抱きしめた。

「ごめん、アメリア。少しの間で、いい。このままでいさせて」

アメリアは返事の代わりに、ルイスの背中に腕を回す。

「アメリア、好きだよ。大好き」

ポツリポツリと紡《つむ》がれるのは、ルイスのまっさらな心。

「女の子としても、妹としても、大切」

ルイスの心が、優しい優しい心が、恵みの雨のようにアメリアに降り注ぐ。

「大切な、家族。だから、幸せになって」

アメリアの乾いた心を潤《うるお》して、それは涙となってアメリアからあふれ出す。

「ちゃんと、自分の幸せ、考えて。俺たちのため、選択したら、俺、あきらめきれない」

「ルイス様……」

「俺じゃあ、無理だってくらい。幸せ、してくれる人、見つけて」

アメリアの頭に浮かんだのは、コンラードだった。でも、コンラードがアメリアを選んでくれることはない。

だったら、コンラード以外の人と結婚するの？

コンラードを忘れられるくらい好きになれる人、そんなもの想像もつかなくて、アメリアは密かに途方に暮れた。

アメリアの心境が伝わったのか、アメリアから離れたルイスは、涙に濡れるアメリアの顔を両手で包み、のぞき込む。

「大丈夫、アメリア。絶対、大丈夫だから。俺を信じて」

心配ないよと、ルイスは笑う。

その温かな笑顔は、光の精霊みたいに輝いて見えた。

あくる日の朝、アメリアは自室の扉の前で目をつむって立っていた。

『アメリア、なにしてるの?』

アメリアの足元にちょこんとお座りをするブランが、アイスブルーの瞳でアメリアを見上げ、不思議そうに頭を傾ける。アメリアはそんな愛らしいブランに目もくれずに「精神統一」と答えて深呼吸を繰り返した。

昨日、ルイスに部屋まで送ってもらってから、アメリアは部屋から出ていない。泣きはらした顔をベアトリスたちに見せたくなかったのと、ルイスにも今日は部屋でゆっくりするよう勧められたからだ。

ルイスの言葉に甘えて、アメリアは部屋にひきこもってぐずぐずと泣き続けた。そして、泣き疲れて眠りにつき、明け方に目を覚ましたアメリアは、腫《は》れぼったい目を濡れ布巾で冷やしながら、のぼってくる朝日を見つめて思った。

もう、ひきこもるのはやめよう。

その決意のもと、アメリアは自室の扉の前で精神統一する。ここから一歩出れば、いつどこでコンラードやルイスに会うかわからない。ふたりと会っても、絶対に泣いたりしないぞ、と気合を入れてから、アメリアは扉を開いた。

「アメリア、おはよう」

廊下《ろうか》に姿を現して早々、アメリアはルイスと出くわした。泣くまいと、取り乱すまいと気合を入れていたアメリアだったが、部屋を出てすぐに遭遇《そうぐう》するとは思っていなかったため、うまく反応できずに立ち尽くした。

『ルイス、おはよう！』

返事もせずに扉の前で立ち呆《ほう》けるアメリアに代わり、ブランがルイスへと駆け寄っていく。ルイスの濃紺《のうこん》のローブをよじ登り、彼の肩に乗って頭にすり寄った。

「おはよう、ブラン」と答えながら、ルイスはブランの背中をなでる。

「アメリア、大丈夫？　まだ、辛《つら》いなら、部屋にいていい。朝食、俺、持ってくるよ？」

アメリアのすぐそばまで歩いてきたルイスは、肩に乗るブランを抱き上げ、アメリアへと渡す。

「ルイス様……」

差し出されたブランを受け取りながら、アメリアがルイスを見上げれば、彼はいつもと変わらない、おっとりとした笑みを浮かべながらアメリアを見つめていた。アメリアは震えそうになる唇をきゅっと引き結んで、無理矢理、口の端を持ち上げる。

「大丈夫。ルイス様のおかげで、ゆっくりできたから。ありがとう。それから、おはよう、ルイス様」

さぞかし不格好な笑顔になっていただろうに、ルイスは気づかないふりをして、「そっか、よかった」と答えた。

『ねぇねぇ、早く食堂へ行こうよ。お腹すいた！』

微妙な空気を打ち壊すかのように、アメリアに抱かれるブランが無邪気な声を出す。アメリアとルイスはブランへと向けていた視線をお互いへと合わせると、ふたりの間に居座る心地の悪い空気を吹き飛ばすように笑いあった。

ふたりと一匹は食堂へと歩き出す。先ほどまでの気まずさが嘘のように、和《なご》やかな会話を交わし合っていた。


アメリアとルイスが食堂へ顔を出すと、すでにエイブラハム以外の魔術師が勢ぞろいしていた。しかし、ベアトリスの前の席――コンラードの席は空席のままだった。

「あの……コンラード様は？」

ベアトリスの隣に腰掛けながら、アメリアは恐る恐る疑問を口にする。もしや、アメリアを泣かせてしまったことを気に病み、コンラードまでひきこもってしまったとか？　まさか、あの後ルイスと喧嘩《けんか》した……はさすがにないだろう。

様々な憶測を頭の中で巡らせるアメリアに、ベアトリスはいまコンラードの存在を思いだしました、とばかりに空席へと視線をよこした。

「コンラードなら、近くの村で流行《はや》り病《やまい》が発生してな。薬を届けに行っている」

「流行り病……もしかして、以前別の村で流行った病と同じですか？」

「そうだ。徐々にではあるが、王都へ近づいておる。致死率は低い病だが、子供や年寄りがかかれば危うい。なんとかその村で収束させるためにも、早々に薬を届けさせた。馬で半日だから、帰ってくるのは明日かのう」

「王都へ近づいているなら、薬の備蓄を確認しないと……」

王都は人口が多い。そこで流行り病が発生すれば、コンラードが持って行った薬の何十倍もの数が必要になるだろう。薬の備蓄を増やすにしても、材料となる薬草がそろっているかも確認しなければならない。

「ふむ。王城にある程度備蓄してある。もしまた王都以外でその病が発生した場合、薬の補充を考えねばならんが、いまは心配ない」

「……でも、念には念をと言いますし、材料となる薬草がそろっているかだけでも調べておきますね」

「アメリアは気がきくのう。頼んだ」

どこか誇らしげなベアトリスに「はい」と返しながら、アメリアは内心、ほっとしていた。流行り病が王都へ近づきつつあるという状況にもかかわらず、明日までコンラードと顔を合わせなくてすむという事実の方が、アメリアの心の大部分を占《し》めてしまっていた。

現在その病で苦しんでいる人がいるというのに、よかったなんて思ってしまう自分が嫌で、アメリアは朝食を終えるなり薬草保管庫へと直行した。

薬の補充のために必要な薬草の備蓄数を確認し、各薬草の配合率、保存可能日数、調達にかかる時間、普段どれくらいのペースで消費されているのかなどを調べ、万が一のときにどう動くべきかを考えながら紙に書きだしていく。

作業をしながら、アメリアは薬の調合に関する資料が圧倒的に少ないことに気づいた。基本的に、調薬手順は口頭だけで伝えあい、記して残すという習慣がない。だから、どの薬草がなにに使われるのか魔術師の中でも把握《はあく》しきれていないところがあり、予期せず薬草が尽きるという事態をまれに引き起こすのだ。

「薬の調薬について、整理したり、分類したり、調合方法をまとめたりとか、できないかな」

アメリアには調薬と薬草に関する知識だけはある。そして、彼女の周りには優秀な薬師《くすし》たちが集まっている。彼らは新しい知識を手に入れることに貪欲《どんよく》で、それを誰かに伝え残すというところまで余裕がない。だったら、アメリアがそれを担《にな》えばいいんじゃないだろうか。

「あぁ、でも……そのための時間が、ない」

ルビーニ家が蓄積してきた知識を記してまとめる。きっと凡人のアメリアには一生をかけても終わらない、果てしない道のりだ。せっかく光明《こうみょう》が見えた気がしたのに、それは手を伸ばすのもおこがましい、はるか遠くの星だったらしい。

アメリアは午前中いっぱいをかけて今回の流行り病についての資料をまとめ、午後からはその書類を携《たずさ》えてベアトリスのもとへ赴《おもむ》き、彼女の仕事を手伝いつつ、もしも今回の流行り病が王都で発生した場合の段取りを話し合った。

話し合いがひと段落したところで、書類にサインをしていたベアトリスが手を止め、顔を上げた。使い終わった資料の整理をしていたアメリアがベアトリスへと視線を送ったが、彼女はアメリアに見向きもせず、どこか空を見つめて頷《うなず》いている。闇の精霊が彼女になにか話しかけているのだろうと思い、作業へ戻ろうとしたアメリアを、ベアトリスが呼び止めた。

「アメリア。お前にこれから、行ってきてもらいたい場所があるんだ」

「え、いまからですか？」

もう陽も傾き始めているこんな時間に、アメリアにお使いを頼むなんて珍しい。アメリアの素朴《そぼく》な疑問に、ベアトリスはいつも通りの艶《つや》のある笑顔で「そうだ」と答えたのだった。


「……は？　病など、発生していない？」

目的の村へたどり着いたコンラードは、薬を渡すために尋ねた村長より流行り病など発生していない事実を聞かされ、呆然と村長の言葉を繰り返した。

「近くの村でこの病が発生したことは知っております。用心のために備蓄用の薬を頼もうとしていたところでした。いやぁ、まさか先に持ってきてくださるなんて、助かります。やはり、魔術師の皆さんは不思議な力をお持ちなのですね」

病は発生していなくとも薬を必要とはしていたらしく、コンラードは全くの無駄骨とはならなかった。ならなかったが、よかったとも思わなかった。

村長はコンラードの労をねぎらうためにも一晩滞在するよう勧めたが、コンラードはそれを丁重に断り、愛馬にまたがって王都へと引き返した。

王都への道を駆けながら、コンラードは考えていた。病が発生していないのに、ベアトリスがなぜ薬を届けさせたのか。

ベアトリスは精霊を使って様々な情報を得ているから、もしかしたら村人が気づいていないだけで、誰かがすでにその病にかかっているのかもしれない。もしかしたら近いうちに、病にかかった旅人があの村を訪れるのかもしれない。

様々な憶測がコンラードの頭に浮かんだが、どれも納得できなかった。

アメリアと顔を合わせづらいと思っていたところだったから、ベアトリスの頼みを一も二もなく引き受けて夜も明けぬうちから屋敷を出てきたけれど、いまさらになって、嫌な予感がコンラードを襲った。

精霊たちが、静かすぎるのだ。

この静けさに、コンラードは覚えがあった。四年前、ビオレッタが光の巫女に選ばれて王太子と婚約したときだ。わざわざ知らせる必要もないどうでもいい家族の近況を教えてくれる精霊たちが、積極的に話しかけてこなくなった。四年前のコンラードは、そのことに疑問は覚えても、あと数カ月もすればアレサンドリへ入れるとわかっていたためとくに追及はしなかった。結果、全てが終わってからビオレッタの婚約を知ることになったのだ。

「くそっ、母様め！　今度はなにを企《たくら》んでいるんだ」

コンラードは込み上げてくる焦燥《しょうそう》感を吐き出し、手綱《たづな》を握りしめる。半日走り続けた愛馬は、休む暇を与えてもらえなかったにもかかわらず、のびやかな走りで街道を駆け抜けたのだった。

コンラードがルビーニ家の屋敷へ戻ったのは、陽もすっかり沈んだ夜だった。太陽の代わりに空を淡く照らす月の姿すらない夜で、砂粒のような細かな星がさらさらと光り輝く中、コンラードはルビーニ家の門をくぐる。玄関の前で馬を降り、いつもなら厩《うまや》まで運んで世話を焼く愛馬をその場に置いて玄関の扉を開いた。すると、ちょうど帰ろうとしていたらしい、出入りの商人と出くわした。

「おや、コンラード様、こんばんは。いまお帰りですか？」

商人の方はコンラードが恐ろしいのか挨拶《あいさつ》もそこそこに屋敷を出ていったというのに、婿殿《むこどの》は笑顔で話しかけてくる。

「そうだ。本当は明日帰る予定だったんだがな。少し気になることがあって、用事を終えるなりすぐ帰ってきた」

暗に、いまは忙しいから話しかけるな。と伝えたつもりだったのだが、婿殿は気づかず――いや、あえて無視して話し続けた。

「アメリアさんのことを思えば、外泊などしていられませんよね」

「アメリア？　アメリアがどうかしたのか？」

「アメリアさんのこと、おめでとうございます。これでベアトリス様もひと安心でしょうね」

「おめでとうって……ちょっと待て、それって、いったい……」

詳しい話を聞こうとするコンラードを無視して、婿殿は「それでは失礼いたします」と屋敷を去っていった。

残されたコンラードは、訳がわからず困惑する。アメリアがおめでとうございますとは、いったいどういうことなのだろう。ここで考えても仕方がないので、コンラードは商人を見送った執事に馬の世話を任せ、ベアトリスの居場所を聞いた。

「奥様なら、皆様と一緒に談話室におられます」

「談話室だと？」

コンラードはいぶかしんだ。この時間、ベアトリスは執務室で仕事をこなすか、夫婦の部屋でエイブラハムとふたり、酒を飲んでいるかのどちらかだ。それが、家族全員で談話室にいるなどと、コンラードに秘密でなにかを行っていることは明白だった。

「母様！」

談話室の扉を叩き破る勢いで開いたコンラードは、中で待っていた面々を見て驚いた。談話室には、ベアトリスにエイブラハム、ルイスに加え、魔術師と何人かの使用人がそろっており、その全員が、めかしこんでいたのだ。

常に纏《まと》っていたローブは誰ひとり着込んでおらず、きらびやかなドレスや礼服を着ている。それでいて、談話室で各々の好きな席に座ってお茶を楽しむ様子は、まるで大きな催《もよお》しを終えた後のようだった。

談話室にいる面々の様子を観察していたコンラードは、あることに気づいた。

「アメリアは？　母様、アメリアは、どこにいるんだ？」

コンラードの問いに、エイブラハムと一緒に酒を嗜《たしな》んでいたベアトリスはさらりと答える。

「アメリアなら、エバートンのところへ行ったぞ」

「エバートン？」

ベアトリスの返事を咀嚼《そしゃく》するようにくちずさんで、コンラードの頭の中をいろいろな情報が駆け巡る。

四年前のように静かな精霊たち。

アメリアについておめでとうと言った婿殿。

まるでなにか式を終えた後のような家族たち。

そして、ベアトリスの「アメリアはエバートンのもとへ行った」という言葉。

それらすべてがひとつの可能性を示していて、コンラードは衝撃のあまり身体《からだ》を震わせた。

「母様……まさか、アメリアをエバートンのところへ嫁《とつ》がせたのか!? どうして!」

「エバートンのところへ向かったのは、アメリアの意思だ」

「アメリアの意思……でもっ、あいつは、ルイスと結婚するんじゃ――」

「俺とは結婚できないって、はっきり言われた。アメリアにとって、俺は大切な家族なんだよ」

アメリアがルイスとの結婚を断った――新しい事実にコンラードはショックを受ける。たとえ家族だとしても、アメリアはルイスに好意を抱いていたし、ルイスはアメリアのことを本気で愛して、精一杯大切にしようとしていた。

だからこそ、コンラードは――

「どうして、こんな急に……よりにもよって、エバートンなんかのところへ」

エバートンはいいやつだとコンラードは知っている。交易商としても成功しているから、アメリアに不自由な思いをさせることはないだろう。しかし、エバートンはアメリアを傷つけた。たとえ善意から行ったことであれ、アメリアの絶対触ってはいけない傷に、エバートンは無断で触れた。

そんな男のところへ、どうしてアメリアは嫁いだのか。

「私たちは強制などしていないぞ。確かに急な話ではあったが、なにかあの子の中で変化があったのだろう」

昨日、コンラードはルイスとアメリアの結婚を認めた。あのとき、アメリアは喜ぶどころか、泣き出してしまった。

アメリアに起こった変化。そんなもの、コンラードにはひとつしか思い浮かばなかった。

アメリアが泣くこと自体は、それほど珍しいことじゃなかった。アメリアはいろんなことを抱え込むから、限界になると何かの拍子に泣き出してしまう。大人と対等に渡り合うような、子供であることを嫌うような子だったけれど、泣いているときは年相応の女の子で、コンラードは慰《なぐさ》めながら、安堵《あんど》もしていた。

けれど昨日のアメリアは、何かを必死にこらえるように泣いていた。いつものようにいろんなものを背負って、背負って、限界がきてすべてを投げだして泣くんじゃない。必死に何かを抑えて、抑えて、抑えきれないものが涙となって溢《あふ》れたのだ。

泣いているアメリアを見て、不安になったのは初めてだった。あんなに悲しい涙を見たのは初めてだった。

アメリアには笑っていてほしい。つらい経験をした子だから、これからの未来には、幸福だけを与えたかった。誰でもない、コンラード自身が、与えたかったのだ。

「コンラード」

ルイスに呼ばれ、コンラードは考察の世界から抜け出して顔を上げる。

「アメリア、エバートンが幸せにする。それで、いいの？」

諭《さと》すような、でも少しいらだちのこもった言葉に、コンラードは目を瞠《みは》る。

アメリアが幸せになれるなら、誰が幸せにしようと構わないはずだ。

本当に、そうだろうか？

アメリアがエバートンに嫁ぐ。アメリアがいなくなる。手を伸ばせば触れられる距離にいたはずなのに。なにかあればすぐに駆けつけられるよう見つめていたのに。

いつもコンラードの傍で、笑って、怒って、呆《あき》れて、すねて、そして、泣いていたアメリア。

アメリアの表情を、剝《む》きだしの感情を、全部全部、受け止めるんだとずっと思っていたのに。

「――だめだ、だめだだめだだめだだめだ！　認めない！　アメリアを、他の誰かにやれるかってんだ!!」

コンラードは腹の底から叫び、踵《きびす》を返して走り出す。廊下《ろうか》を駆け抜けて玄関を飛び出し、厩へ向かえば愛馬が鞍《くら》も外さず厩の前で水を飲んでいた。世界を回る旅の間も、ずっとコンラードの傍に寄り添ってくれていた愛馬は、コンラードの表情を見ただけで悟ったのだろう。任せろと言わんばかりにいななないて脚を弾ませた。

コンラードはすぐさま愛馬にまたがり、手綱を引く。愛馬は気合を入れるように前脚を持ち上げて再びいななき、勇《いさ》ましく駆けだした。


　アメリアはエバートンの屋敷にいた。ここへ来ることなどしばらくないだろうと思っていたのに、ベアトリスにお使いを頼まれてあっさりとやってきてしまった。先のことなんて、全くわからないものなんだな、とアメリアはため息をついてテーブルの中央にたたずむ鹿の置物を指でつつく。

「落ち着かないのかい？」

　声に促されるまま顔を上げれば、部屋の窓際に立つエバートンが困ったように眉《まゆ》を下げて笑っていた。

「……そうですね。こんな格好をしたのは、初めてなので」

　アメリアはいま、ドレスを着ていた。月明かりに照らされた雪のように白く輝く生地を贅沢《ぜいたく》に使い、レースや宝石などの装飾を一切使わないシンプルなドレスだった。シンプルだが、とろけるような生地の光沢を生かしたドレープが美しいため、とても見栄えがする。

　アメリアはドレスを着ること自体が初めてだというのに、こんな上等なものを着せられてしまい、汚しては大変と、出されたお茶もお菓子も手がつけられないでいた。

どうしてこんな、ウェディングドレスのようなものを着て、エバートンとふたりきりでいるのだろう。アメリアはこれまでの経緯を思い返してみる。

ベアトリスから布の包みを預かったアメリアがエバートンの屋敷に着くと、エバートンではなくディアナがアメリアを出迎えた。なぜディアナがここにいるのか。アメリアの問いにディアナは答えず、持ってきた包みを受け取って、アメリアを客間へと案内した。

客間で無理矢理服を脱がされたアメリアは、ディアナが持ってきたこのウェディングドレスを着せられる。アメリアにはドレスは全体的に大きかったが、数人のお針子《はりこ》たちがアメリアを取り囲み、次々に待ち針を留めていった。待ち針を留める作業が終わると、アメリアはドレスを脱ぎ、今度は湯あみに連れていかれた。

湯あみが終われば、次はお化粧《けしょう》が待っていた。頬紅《ほおべに》ひとつのせたことがない肌にお粉《こな》を振り、唇には紅がひかれた。いつもふんわりと三つ編《あ》みに編んでいた赤茶色の髪は優雅にまとめられ、ダイヤと真珠《しんじゅ》がまぶしいティアラがのっかった。アメリア自身の作りこみが終わると、お針子が持って行ったドレスをもう一度着せられ、さっきはぶかぶかだったドレスは、アメリアの身体にぴったりと沿った。

そうして、どこの花嫁様ですか、状態となったアメリアは、初めてこの屋敷へやってきた時にお茶を飲んだ、美術品が展示された部屋へと通された。そこで待っていたのが、礼服に身を包んだエバートンだったのだ。

エバートンはアメリアの変身ぶりを大いに褒《ほ》めたものの、どうしてこんなことになっているのか教えてくれなかった。このままふたりで待ってほしいと言われ、なにを待つのかも教えてくれなかったが、ここへ来るよう促したのはベアトリスだ。きっとなにかしら意味があってこんな手の込んだことをしているのだろうと、アメリアはすべてがわかるときを待つことにしたのだった。

待つと決めてから、それほど時間は経っていない。だが、こんな格好をしているせいで下手《へた》に動けず、なにかを口にすることもできず、アメリアは時間を持て余していた。こういう時はブランとおしゃべりでもしたいのに、ブランはディアナと一緒にいてこの部屋にはいない。どうすることもできないのに、漠然《ばくぜん》と時間だけがあって、アメリアはまたため息をこぼした。

「ねえ、アメリア。もしルビーニ家を出たいのであれば、僕が手を貸してあげるよ」

アメリアははじかれたように顔を上げる。窓際に立つエバートンは、全てを見透かしたかのような目でアメリアを見つめていた。

昨日、ひきこもっている間、アメリアはべそべそと未練たらしく泣きながらいろんなことを考えた。ルイスの想いや願い。ベアトリスとエイブラハムの愛情と恩義。コンラードへの未練と現実。頭が爆発するんじゃないかと思うくらい、ぐるぐるといろんなことを考えて、アメリアは結局ひとつの答えに至った。

アメリアは、もうルビーニ家にはいられない。

ルイスと結婚できない。そう答えを出してしまった以上、ずるずるとルビーニ家に居続けるべきではないだろう。それに、アメリアとしてもコンラードと顔を合わせるのはつらい。

ルイスはアメリアの幸せを考えてほしいと言った。そのためには、アメリアはコンラードから離れる必要がある。じゃないといつまでも未練を残してしまいそうだから。

だけど、ルビーニ家を出ていくための手段をアメリアはなにも持ち合わせていなかった。

「僕は交易商として、王都のいろんな家や店とつながりがあるからね。住みこみで働ける場所くらい、いくらでも見つけてあげられるよ」

「でも、私……なにもできませんよ？」

「そんなことないよ。君は読み書きができて、計算もできる。そして、パベル爺《じい》さんから受け継いだクッキーのレシピもある。それだけあれば十分だ。自信をもって紹介できるよ」

そうなんだろうか。確かに、村にいたころのアメリアは読み書きすらできなかった。あの頃に比べればずいぶんまともになったけれど、ベアトリスやルイスたちのような、強い輝きをアメリアは持っていない。パベル爺さんのクッキーだけは誇れることだけれど、クッキーが作れるというだけで菓子店で働けるほど世の中は甘くないはずだ。

不安げに見上げるアメリアへ、エバートンは含みのある笑顔を向ける。

「大丈夫だよ、アメリア。君のことは、僕が幸せにしてあげるから」

まるで遠くの誰かに聞かせるような、仰々《ぎょうぎょう》しい声で紡《つむ》がれた言葉に、アメリアは違和感を覚えた。いまの言い方だと、まるで――

「ちょおっと待ったあああああぁぁっ！」

身体が震えるほどの大声とともに、部屋の扉が乱暴に開け放たれる。大きく開いた扉の向こうから現れたのは、コンラードだった。

コンラードはアメリアとエバートンの服装を見て顔色を悪くさせたが、すぐになにかを振り切るように頭を振り、椅子《いす》に腰かけたままのアメリアへと駆け寄る。突進してきそうな勢いに気圧《けお》され、立ち上がろうとしたアメリアを、コンラードは抱き上げてしまった。

「ええっ!?　ちょ、コンラード様!?」

「エバートン！　お前にアメリアは渡さない！」

コンラードは突然なにを言い出すのか。これはいったいどういう状況なのか。まったくわかっていないアメリアを放って、エバートンはコンラードを見据え、答える。

「渡さないと言われてもね。もう、決まったことだから。それに、アメリアの意思だよ？」

なにがアメリアの意思なのか。おそらく話の中心にいるのだろうに全然見えてこないアメリアは、悔しそうに歯を食いしばるコンラードへなんのことか問いかけようとするも、突然振り返った彼と間近で目が合ってしまい、なにも言えなくなった。

「……アメリア。あんなにお前を傷つけておいて、いまさら遅いかもしれない。でも、お前を手放すなんて絶対に無理だとやっとわかったから、言わせてほしい。俺はアメリアが好きだ。

俺と結婚してほしい」

アメリアは息を止めて間近にあるコンラードの顔を見つめる。コンラードは、ずっと押し込めてきた衝動を解放するかのように叫んだ。

「誰かのところへなんか行くな。俺の嫁になってくれ！」

目を丸くしたまま、呆然《ぼうぜん》とコンラードを見つめていたアメリアは、ぽろりと、涙をこぼした。涙はそれひとつでは収まらなくて、次々にあふれてこぼれた。

「な、なな泣くほど、いやか!?」

アメリアが黙って泣き出したため、コンラードはアメリアを抱き上げたまま焦りだす。アメリアはなにか言いたいのに言葉が出てこなくて、代わりに涙ばかりがあふれてくるから、黙って頭を振った。

「え？　え？　それって、嫌だって意味か？　無理って意味か!?」

アメリアはさらに大きく首を横に振る。しかし、いまのコンラードはなんでもかんでも悪い方へとってしまうらしく、アメリアは最後の手段とばかりにコンラードの首にしがみついた。

「私も……コンラード様が、好き。お嫁さんに、してくださいっ」

震える声でなんとか紡いだアメリアの心は、コンラードの耳にきちんと正しい意味で届いたようだ。コンラードは安堵《あんど》の息を吐いてから、アメリアを強く抱きしめた。

「幸せにする。絶対絶対、俺の全身全霊をかけて幸せにするから」

「わた、私……なんにもできない、役立たずだけど、いいの？」

「役に立つとか立たないとかじゃねぇんだよ。俺が、お前と一緒に生きていきたいんだ。なにもしなくたっていい。ただ、傍にいてくれるだけでいい」

コンラードはいつだって、アメリアの一番欲しい言葉をくれる。

コンラードの言葉が、アメリアの全身にしみわたって、まるで息を吹き返したかのように、アメリアは大きく呼吸をした。

「どうやらうまくいったみたいだな。あー、よかったよかった」

「アメリアとコンラードがなぁ。うれしいような少し寂しいような」

「アメリア、よかったね」

なんとも能天気なみっつの声が、ふたりの世界へ入っていたアメリアたちを現実に引き戻した。アメリアがコンラードにしがみつくのをやめて声がした方――扉へと視線を向ければ、ベアトリスとエイブラハム、そしてルイスが立っていた。

「三人とも、どうしてここへ？　ていうか、その格好はどうしたんですか？」

ベアトリスたちは、なぜだか盛装していたのだ。ベアトリスが妖艶《ようえん》なのはいつものことだが、エイブラハムとルイスは背が高いためかとても似合っていて、普段の三倍格好良かった。

アメリアの反応を見たコンラードは、眉をひそめてアメリアの顔を覗《のぞ》き込んだ。

「どうしてって……アメリアの結婚式が行われたんだろう？」

「私の結婚式？　いったい、なんのこと？」

コンラードは驚愕《きょうがく》の表情で固まり、ベアトリスたち三人は声をあげて笑った。アメリアにはなにがどうなっているのか皆目見当がつかない。そんなアメリアを降ろしたコンラードは、うつむいて肩を震わせていたが、やがて顔を勢いよく上げ、

「説明してもらおうかあああああぁっ！」

大声で怒鳴りつけたのだった。


つまり、すべては仕組まれたことだったらしい。

昨日、アメリアを部屋へ送ったルイスは、その足でベアトリスのもとへ向かい、なんとかアメリアとコンラードをくっつけられないかと相談したそうだ。

アメリアは昨日、ルイスが言った、信じてという言葉を思いだす。もしかして、あのときの時点で、ルイスはベアトリスに相談しようと決めていたのだろうか。

聞きたいけど、聞けない。そんなアメリアの迷いに敏《さと》く気づいたルイスは、信じてと言ったときと同じ優しい笑顔を浮かべた。

「俺じゃあ、無理だってくらい、コンラードなら、幸せにできる。でしょう？」

まるで自分のことのように得意げなルイスを見て、アメリアの心がじわじわと温かくなる。

「アメリアと、コンラード。想いあってる。なのに、素直じゃない」

ルイスの鋭い指摘に、コンラードはバツが悪そうに視線をそらし、アメリアは「ほんとにね」とさっぱりと笑った。

計画はこうだ。コンラードが偽《にせ》のお使いへ行っている間にアメリアをエバートンの屋敷へ向かわせ、帰ってきたコンラードにアメリアが結婚したと勘違いさせるというもの。

「ちょっと、待て。商人とこの息子がおめでとうございますとかなんとか言っていたぞ！」

「準備に奔走《ほんそう》する私たちを見ておったからな。便乗してお前をからかったんだろう。いい仕事をしてくれた」

「くっそ、覚えてろよ！　ぜってえ仕返ししてやるからな！」

コンラードは拳を握りしめて忌々《いまいま》しそうに吠《ほ》える。アメリアは目を閉じて婿殿《むこどの》の未来に幸《さち》あらんことを祈った。

「さて、と。まとまるところへまとまったところで、次の計画に移るとするか。おい！　もう入ってきていいぞ！」

ベアトリスが廊下《ろうか》へ声をかけると、入ってきたのはビオレッタ、ディアナ、ティファンヌたちだった。それぞれ自分の夫を連れている。

「ビオレッタ様……」

光の巫女としての正装に身を包んだビオレッタは、アメリアの目の前までやってきて、手に持つ花束をアメリアへと差し出した。

「はい、これ、ブーケ。これでかわいい花嫁の完成だよ」

受け取った花束――ブーケには、大ぶりな白い花の隙間《すきま》を埋めるように、小さな青い花が鈴なりに咲いていた。

「こんな素敵なときに私のティアラを使ってもらえて、うれしいわ、アメリア」

ティファンヌがそれはそれは嬉しそうにうなずく。ティファンヌは隣国ヴォワールの王女である。豪奢《ごうしゃ》なティアラだと思っていたが、まさか一国の王女様が身に着けていたものだとは思わなかった。

「ふむ。立派な花嫁の完成だな。私のドレスも、きちんと着られているではないか」

「え、このドレス……ベアトリス様のなの!?」

道理で全体的に大きかったはずだ、とアメリアが女としてしょっぱい気持ちになっていると、ベアトリスは満ち足りた表情でアメリアの花嫁姿を眺めた。

「私がエイブラハムと結婚したときに着ていたドレスだ。将来娘に着てもらうのが夢だったんだが、ビオレッタの花嫁衣装は王家が用意してしまってな。こうやって、日の目を見る日がきてうれしいよ」

「ベアトリス様……いいの？　大切なドレス。私なんかが着て……」

「なにを言っておる。お前は私の娘だと何度も言っているだろう。夢がかなったのさ」

優しいベアトリスの笑顔が涙でにじむ。涙をこぼすアメリアを、ベアトリスは胸に抱きしめた。

「ほら、せっかくの結婚式なんだ、泣いてばかりいないで笑え、アメリア」

アメリアはベアトリスにしがみつきながら、何度もうなずく。やがてアメリアの涙が落ち着いてくると、ベアトリスは離れていった。ひとり取り残されたアメリアの前に、コンラードが現れる。差し出された手を取れば、ビオレッタがふたりの傍に立った。

「光の神の名において、今日、このとき、ふたりが夫婦となったことを認めます」

ビオレッタは両手を胸の前に組み、祈りを捧げる。

『互いを想いあうふたりに、祝福の光を。ふたりの幸せが、末永く続きますように』

魔術師が精霊の力を借りるときに使う古代語で言祝《ことほ》ぎを唱え、ビオレッタが両手を広げれば、人の頭くらいの光の粒が現れた。光の巫女が行う奇跡は光の精霊が起こしていることは知っていた。けれど、ビオレッタが祝福のために出現させた光の粒が、元の姿に戻ったブランだと気づいたとき、アメリアは思わず「ブラン！」と名前を呼んだ。

『アメリア、おめでとう！』

ビオレッタの手から飛び立ったブランは、アメリアとコンラードの周りをくるくると飛び回り、光の粉を降り注がせる。光を振りまきながら宙を舞うブランは、いままでで一番、まぶしく光り輝いていた。

ブランに出会うまで、アメリアの生きる世界は真っ暗だった。ブランはアメリアの世界を照らしてくれる唯一の光となり、ブランの光を道しるべにして、いつしかアメリアはルビーニ家という明るい世界へたどり着いた。ルビーニ家の人々は、アメリアにはまぶしすぎるくらいだけれど、そこには確かに、アメリアの居場所がある。

「アメリア、好きだ。後で離れたいとか言いだしても、離してやらないからな。覚悟しとけよ」

『ねぇねぇ、アメリア。こういうのって、情熱的っていうんでしょ！』

「自覚した途端に、態度が豹変《ひょうへん》しよったのう」

「コンラード、うざい」

「まぁまぁ、夫婦仲がいいというのは、喜ばしいことじゃないか」

「コナーにいがやっと結婚したねぇ。ありがとう、アメリア。これからも末永くよろしくお願いします」

いつだって変わらずにぎやかなルビーニ家の人々へ、アメリアは満面の笑みを浮かべて、答える。

「みんな、大好きだよ」

アメリアの世界は、まばゆい光で溢《あふ》れている。

第十一代光の巫女、ビオレッタ・ルビーニの生家でもあるルビーニ家は代々続く魔術師一族で、その歴史は王族に次いで長い。一説では、もともとは王家に連なる一族ではないか、と言われている。

コンラード・ルビーニの妻アメリア・ルビーニは、ルビーニ家の膨大《ぼうだい》な知識を最初に整理分類し、現在の薬学の進歩に大きく貢献した人物である。ルビーニ家と縁も所縁《ゆかり》もない小さな村で生まれており、精霊の導きによって夫コンラードと出会ったといわれ、ルビーニ家の歴史を綴《つづ》った書物には、『精霊の花嫁』と記されている。

あとがき

こんにちは、秋杜《あきと》フユでございます。このたびは『こじらせシスコンと精霊の花嫁　恋の始まりはくちづけとともに』を手に取っていただき、誠にありがとうございます。

『ひきこもり』シリーズ四作目は、第一作『ひきこもり姫と腹黒王子』にて、ビオレッタに保護された秘密の巫女《みこ》こと、アメリアのその後のお話です。第一作から四年という月日が経っております。前作『妄想王女と清廉の騎士』がコメディに特化した反動なのか、今作はほのぼのとしたお話です。おかしいな、ルビーニ家の人々は変人ばかりなのに。

シスコンをこじらせた兄弟が、アメリアに見合い話が飛び込んできたことにより、アメリアに対する感情がシスコンではなく恋だと自覚するお話です。このお話の前日譚《たん》と申しますか、アメリアがルビーニ家へ引き取られた当初の話をＷｅｂマガジンＣｏｂａｌｔにて掲載しております。そちらも合わせて楽しんでいただけたなら幸いです。

アメリアのその後については、担当様と二作目について相談した際に、ベネディクトとアメリアのその後を二部構成で書いて『ヒミツの巫女と目の上のたんこぶ　ＶＳひきこもり姫と腹黒王子』という題名にしたら面白そうですよね、と話したのが始まりです。あのとき浮かんだアメリアのその後をこんな素晴らしい形でお伝えできるなんて、あの当時の私は想像すらしておりませんでした。これも読者様のおかげです。ありがとうございます。

担当様、三角関係を書くうえで大切なのはいかに愛される当て馬を書けるかだ、というお言葉、常々意識して書かせていただきました。担当様が話すひとつひとつの言葉に、いつも納得させられます。貴重なお話、ありがとうございます。

イラストを担当してくださいましたサカノ景子《けいこ》様。今回も美麗《びれい》なイラストをありがとうございます。担当様の脳内では少年ジャンプ系で認識されていたコンラードが、素晴らしきイケメンに無事変貌《へんぼう》いたしましたのも、サカノ様のおかげです。私はルイスのあのすっとした美貌《びぼう》の横顔に胸を打たれました。もう感無量です。

そして最後に、この本を手に取ってくださいました読者の皆様、心より感謝申し上げます。親の愛に恵まれなかった女の子が、有り余るほどの愛情を受け取るお話です。彼女が幸せに包まれるまで、どうか見守っていただけると嬉しいです。

ではでは、次の作品でお目にかかれますことを、お祈り申し上げております。

秋杜フユ

※この作品はフィクションです。実在の人物・団体・事件などにはいっさい関係ありません。

あきと・ふゆ
2月28日生まれ。魚座。O型。三重県出身、在住。『幻領主の鳥籠』で2013年度ノベル大賞受賞。趣味はドライブ。運転するのもしてもらうのも大好きで、どちらにせよ大声で歌いまくる迷惑な人。カラオケ行きたい。最近コンビニの挽きたてコーヒーにはまり、立ち寄るたびに飲んでいる。

こじらせシスコンと精霊の花嫁
恋の始まりはくちづけとともに

COBALT-SERIES

2016年7月10日　第1刷発行

★定価はカバーに表示してあります

著　者　秋杜フユ
発行者　鈴木晴彦
発行所　株式会社　集英社
〒101－8050
東京都千代田区一ツ橋2―5―10
電話　【編集部】03-3230-6268
【読者係】03-3230-6080
【販売部】03-3230-6393（書店専用）
印刷所　凸版印刷株式会社

ISBN978-4-08-608006-4　C0193